Eduard Wunderer

Sonja und ihre Freunde

Eduard Wunderer

SONJA UND IHRE FREUNDE

ERICH HOFFMANN VERLAG
HEIDENHEIM AN DER BRENZ

CIP-Kurztitelaufnahme der Deutschen Bibliothek:
Wunderer, Eduard
Sonja und ihre Freunde
Heidenheim an der Brenz: Hoffmann, 1978
ISBN 3-87343-419-9

Einbandentwurf: Herbert Schult
Herstellung:
E. Mühlthaler's Buch- und Kunstdruckerei GmbH, München
Printed in Germany 1978

INHALT

FÜNF REITEN DURCH DIE STADT

Vier Pferdehufe auf dem Asphalt der Oesterlinger Hauptstraße, das ist ein fremdes Getöne für die braven Bürger dieser kleinen Stadt. Und wenn es nun gar noch die Hufe eines tänzelnden, eleganten Apfelschimmels sind, der mit gebogenem Schwanenhals bald am klirrenden Zaumzeug kaut, bald seinen edlen Kopf zurückwirft und schnaubt, indes der lange, dunkle Schweif fast den Boden kehrt, dann klappert es, als mache eine ganze Kavalleriepatrouille ihren Erkundungsritt. Folgen aber dem rassigen Leittier weitere vier Pferde — wenn auch mit schweren und müden Hufen —, dann sind es zwanzig Eisen, die den erschrockenen Asphalt bedrängen, wobei manches Stolpern der vier Klepper ein solches Stakkato in das wüste Lärmen mischt, daß man ein anreitendes Kavallerieregiment vermuten könnte. Entsprechend ist auch die Wirkung auf die Oesterlinger Bürgerschaft. Man tritt aus den Kaufläden auf die Straße, man reißt die Fenster auf und verdreht die Hälse, man stemmt die Arme in die Hüften und glotzt mit halbgeöffnetem Munde. Es dauert einige Zeit, bis der Funke überall die Lunte hinaufgebrannt ist und in den Hirnen zündet. Dann aber beginnt ein Jubeln oder Schimpfen, ein Diskutieren, Köpfeschütteln, ein Schulterklopfen, dem in den meisten Fällen wilde Lachstürme folgen. Kinderrudel, eben den Schulhäusern zur Mittagszeit entquollen, flankieren die Kavalkade. Was tut sich nun auf vor den entzückten, empörten, wütenden, erstaunten und vor allem erheiterten Blicken der Oesterlinger Bevölkerung?

Den Apfelschimmel, der die Gruppe anführt, kennt man im ganzen Städtchen. Er gehört dem allseits beliebten Dr. Pfeuffer und seiner reitgewandten Ehefrau, gleichen Berufes. Heute sitzt nun deren siebzehnjährige Tochter Sonja im Sattel. Schlank, rank, gestiefelt und gespornt hält sie Trense und Kandare mit ihrer energischen Linken, zieht ein wenig an, läßt wieder nach und erreicht so mit leichtem Schenkeldruck das anmutige Tänzeln des bildschönen Tieres. In Oesterlingen weiß jeder von jedem alles. Oder glaubt es wenigstens zu wissen. Im anderen Falle ahnt man, vermutet man, flüstert sich hinter vorgehaltener Hand allerlei zu und schwimmt behaglich im wogenden Klatsch. Die drei Gymnasiasten Hel, Conny und Bertl hat man aufwachsen sehen und Claudia, die den Pulk abschließt, ist der Liebling des halben Städtchens. Das ›halb‹ muß man betonen, denn der weibliche Teil der ländlichen Metropole sieht mit sehr gemischten Gefühlen, wie sie ihr Grübchen zur Schau trägt, die Rechte kühn in die Hüfte stemmt und den Zügel so lässig führt, als säße sie tagtäglich im Sattel. Freilich ist es für die vier Reiter, die sich in Sonjas Kielwasser treiben lassen, keine Kunst, sich im Sattel zu behaupten. Ihre müden Tattersall-Klepper klappern einfach hinter Viktor, dem Wallach der Vorreiterin, einher, und kein Zügelreißen hätte sie aus dieser vorprogrammierten Bahn zu bringen vermocht. Aber das Aufregende an diesem berittenen Aufmarsch sind die zwei großen und mit riesigen Lettern beschrifteten Plakate, die Hel und Bertl an langen Stangen tragen und immer wieder hin- und herwenden, damit sie ja von jedem gelesen werden können. Schwarz auf Weiß und Rot auf Weiß ist da in Blockschrift zu lesen: ›Wir sind die Fünf Finger‹ und ›Wir sind die Fünf Gerechten‹. Und damit öffnet sich für die Oesterlinger ein lange geschlossener Vorhang, und ein Geheimnis, das Bürgermeister, Polizei und Bürgerschaft durch Monate in Atem gehalten hat, wird aller Welt offenbar ...

Die Witwe Zahn schäumt bei diesem Anblick vor Wut. Schreinermeister Endres nimmt sich vor, seiner Claudia eine ordentliche Abreibung zu verpassen, und kann doch, unter dem Eindruck der beifallklatschenden Mehrheit, einen leisen Stolz über sein hübsches, freches Töchterlein nicht verbergen. Im Textilgeschäft Satzinger, das an der Hauptstraße liegt, schämt man sich — wie gewöhnlich — über die verwaschenen Blue Jeans und den zerknitterten Parka des überlebensgroßen Sprößlings. Connys Vater, dem man es in Windeseile zuträgt, freut sich — mit breitem Lachen —, daß sein Sohn mitgeholfen hat, Kommissar Kanthuber ein Schnippchen zu schlagen und Hels Mutter läßt sich von den anderen Stenotypistinnen zu ihrem prächtigen Sohn gratulieren.

Inzwischen ist nämlich der Reitertrupp vor dem altertümlichen Rathaus aufgeritten und steht in Front zur Fassade. Aus allen Fenstern hängen ganze Trauben neugieriger Beamter und Angestellter, lachen und klatschen.

Doch in der Polizeistation zieht man die Vorhänge zu. Kommissar Kanthuber hockt zusammengesunken in seinem Schreibtischstuhl und macht mit dem Mund karpfenartige Bewegungen. Für ihn bricht eine Welt zusammen. Sonjas Eltern nehmen von dem Aufmarsch keine Notiz. Ihnen hat die Tochter beim Frühstück das ganze Geheimnis bereits gebeichtet und volle Absolution empfangen.

Im Grunde aber ist ganz Oesterlingen, das im Mittelalter so oft von feindlichen Reitertrupps eingenommen wurde, von der Bande der ›Fünf Gerechten‹ oder den ›Fünf Fingern‹ — im anderen Sinne — ›eingenommen‹.

Doch drehen wir das Rad der Zeit um einige Monate zurück

und rufen unseren jungen Reitern zu: »Abgesessen! Abgesattelt!«. Und nun ›zu Fuß‹ ans geheimnisvolle Werk!

EIN RATLOSER HERR RAT

Im Rathaus sollte ein Polizeirat Rat wissen. Doch Polizeirat Heller, der in einem Seitenflügel des Rathauses residiert, wußte sich wirklich keinen Rat mehr. Vor ihm lag die Meldung des Kommissars Kanthuber, die besagte, daß man in der vergangenen Nacht im Stadtgarten das eben erst von der Stadt für sündhaft teueres Geld erworbene Kunstwerk des fortschrittlichen Bildhauers Hammerstein völlig mit Erde zugeschaufelt und den höchsten Punkt der Pyramide mit einer getopften Kaktuspflanze gekrönt habe.

Zwar galt dieses aus flachem Stein gemeißelte Bildwerk bei der Bevölkerung von Anfang an als ein Stein des Anstoßes. Man rätselte unter den Bürgern, ob es sich um eine vielfach verknotete Riesenschlange, um die Darstellung der streitenden Parteien im Rathaus oder um eine Symbolisierung der unzureichenden städtischen Müllabfuhr handeln solle. Aber die kühne Bezeichnung ›Stadt im Aufbruch‹, die der Künstler seinem Werk gegeben hatte, mußte die Stadtväter überwältigt haben. Man wollte doch in Oesterlingen nicht hinter den Großstädten zurückstehen!

Kurz — ganz im geheimen gönnte auch Heller dem Denkmal den deckenden Erdenmantel und die vielsagende Bepflanzung. Aber als Polizeirat war er verpflichtet, solchem Unfug ein Ende zu bereiten und der Täter habhaft zu werden.

Seit Monaten geschah es nun, daß zu nächtlicher Stunde gesetzlich genehmigte Mißstände in irgendeiner unangenehmen Weise gebrandmarkt wurden. Oder es sahen sich biedere, hohe Steuern zahlende Mitbürger, die sich durch wenig menschenfreundliches Handeln mißliebig gemacht hatten, peinlichsten Bloßstellungen ausgesetzt. Der OESTERLINGER STADT-ANZEIGER forderte dringend ein Ende dieser ungesetzlichen Art der Rechtsprechung, obwohl er den Tätern einen gewissen Humor nicht absprechen konnte und zwischen den Zeilen ein wenig Schadenfreude erkennen ließ. Der Bürgermeister, mit Briefen und Besuchen der Betroffenen reichlich eingedeckt, tobte.

Hellers Ehre und die seiner kleinen Polizeimacht stand auf dem Spiel! In den Ohren des Polizeirates gellte noch das schrille Keifen der Witwe Zahn, die ihm vor einigen Tagen ein Schild auf den Tisch geknallt hatte, auf dem in schönen roten Buchstaben gemalt war: ›Halte deine böse Goschen — sonst wirst du von uns verdroschen!‹. Freilich durfte sich die Klagestellerin rühmen, den Beruf des schlimmsten Klatschmaules von Oesterlingen auszuüben. Aber es ging schließlich nicht an, daß man jedem Mitbürger einfach einen Auszug seiner Charaktereigenschaften an die Türklinke hängte.

Nein — dem Treiben mußte ein Ende gesetzt werden!

Polizeirat Heller sprach durchs Haustelefon. Eine Viertelstunde später waren alle Beamten, die Bereitschafts- oder Bürodienst hatten, im Halbkreis um ihn versammelt. An ihrer Spitze Kommissar Kanthuber, den die wenigen Kriminellen des Städtchens den ›Karpfen‹ nannten. Wer seinen Mund sah, der fortwährend voll Empörung nach Luft zu schnappen schien, konnte der Treffsicherheit jener kleinen Ganoven die Achtung nicht versagen.

Heller bat die Herren, Platz zu nehmen, wischte sich einmal mit der flachen Hand über die rötlich leuchtende Glatze und begann seine lichtvollen Ausführungen:

»Meine Herren — es hat sich ja wohl bei Ihnen herumgesprochen, welchen Streich die großen oder kleinen Unbekannten heute nacht wieder Oesterlingen und damit vor allem unserer Dienststelle gespielt haben. So geht es nun wirklich nicht weiter! Die ganze Stadt lacht über uns machtlose Polizisten. Erschwert werden unsere Ermittlungen dadurch, daß sich die meisten Einwohner über diese nächtlichen Vorkommnisse freuen. Deshalb wohl erhalten wir nicht den geringsten Hinweis aus der Bevölkerung. Und was haben wir bisher in der Hand? Lächerlich wenig! Lediglich das Schild der Witwe Zahn. Aber die roten Buchstaben sind mit Hilfe von Schablonen gemalt und daher für einen Schriftsachverständigen völlig wertlos. Fingerabdrücke? Keine! Nachfragen in den verschiedenen Farbengeschäften: ergebnislos! Meine Herren — so geht es nicht weiter. Heute drohen sie Frau Zahn Prügel an — morgen vielleicht schon vollziehen sie ihr Strafgericht . . .«

»Was der bösartigen Vettel nur zu wünschen wäre!« warf Inspektor Blinzler ein. »Erst gestern hat sie uns in aller Öffentlichkeit eine Horde schwachsinniger Nachtwächter genannt — und . . . und . . . Herr Polizeirat — . . . ich kann es nicht verschweigen . . ., sie hat hinzugefügt, wir bräuchten gar keine Laterne . . ., weil . . . weil . . . äh . . . äh . . . Herr Polizeirat uns voranleuchten würden.«

Blinzler hüstelte verlegen. Das Schmunzeln der übrigen Polizeimannen war nicht zu übersehen.

Heller — wütend über diese Anspielung auf seine Glatze — lief rot an. Schweißperlen traten aus dem also beleidigten Körperteil, der nun einem Gebirgsgrat im Alpenglühen glich. Doch mit einer Handbewegung, die seine Großzügigkeit unter Beweis stellen sollte, wischte er den zahnschen Wortkehricht hinweg.

»Meine Herren — wir dürfen uns keine persönlichen Gefühle

gestatten. Im Gegenteil — unsere Nachforschungen müssen nur um so intensiver gestaltet werden. Wer gibt uns die Gewähr, daß diese frechen Nachtschwärmer nicht auch an die Türe unserer Polizeistation ein Schild hängen, das uns in wenig schmeichelhaftem Licht erscheinen läßt? Dann bin nicht nur ich — dann sind wir alle betroffen!« Pause.

»Also — ich fasse zusammen: Auf dem Schild steht: . . . ›sonst wirst du von uns verdroschen . . .‹. Wir können daraus schließen, daß es sich um mehrere Täter handelt. Das ist aber auch alles! Wenig genug!

Kanthuber — Sie haben die Ermittlungen im Falle ›Denkmalschändung‹ eingeleitet. Würden Sie uns etwas darüber sagen? Sind Sie auf Spuren gestoßen?«

Der Kommissar öffnete und schloß wiederholt und lautlos seinen Karpfenmund. Dann berichtete er in knarrendem Dienstton:

»Immerhin ist es uns diesmal gelungen, im feuchten Erdreich deutliche Fußspuren zu sichern. Die Messungen haben ergeben, daß es sich um drei Mannspersonen und um zwei weibliche Individuen handelt. Die tiefeingedrückten Keilsohlen lassen, bei dem weiblichen Teil der Tätergruppe auf Jugendliche schließen. Sogar auf sehr Jugendliche, die auf ausgesprochen kleinem Fuß leben. Mit einer an Sicherheit grenzender Wahrscheinlichkeit steht zu vermuten, daß auch die männlichen Teilnehmer der Schändungsaktion den jüngeren Jahrgängen angehören. Einer hat offensichtlich Turnschuhe getragen. Sonst war nichts zu finden. Kein Knopf, kein liegengebliebener Spaten, kein ausgespuckter Kaugummi, kein Zigarettenstummel. Nichts! Telefonische Nachfragen in den hiesigen Blumengeschäften brachten keinen Aufschluß über einen in den letzten Tagen erfolgten Verkauf einer Kaktuspflanze. Ja — das wäre vorläufig alles.«

Kanthuber karpfte in stiller Empörung — und schwieg.
Heller faßte wieder einmal zusammen:
»Also — wir sind einen guten Schritt weitergekommen. Gute Arbeit — Kanthuber!«
Der also Geehrte senkte bescheiden sein Haupt, als tauche er in tiefere Fischgründe.
»Wir wissen nun«, fuhr der Polizeirat fort, »daß es Jugendliche sind, so etwa um die 16 herum. Wir dürfen es wenigstens annehmen. Meine Anweisungen für die nächste Zeit: Streifendienst verstärken. Alle Stunde Beobachtung des Denkmals, falls die Bande die Absicht haben sollte, das freigeschaufelte Denkmal erneut den Augen des Volkes zu entziehen. Bei Frau Zahn immer wieder einmal nachsehen. Bei Tage wäre darauf zu achten, ob sich fünf Personen von uns vermuteter Art in auffälliger Kameradschaft ... äh ... wollte sagen ... Komplizenschaft . . . in Cafés oder Eisdielen herumtreiben. Besonderes Augenmerk ist auf die Schüler des Gymnasiums, der städtischen Realschule, der Berufsschule und der Oberklasse der Volksschule zu richten. Das wär's! Also frisch ans Werk! Ich danke Ihnen — meine Herren!«
Mit einer konzilianten Handbewegung entließ der Polizeigewaltige von Oesterlingen seine Mannen, die sich unter lebhaftem Stimmengewirr entfernten.
Kanthuber ging als letzter hinaus. Grimmig, wie ein gereizter Stier. Er schwor sich, daß er diesmal ANGLER sein werde — und nicht Karpfen!

IN SONJAS HÖHLE

Kanthuber hatte eine Vision. Er sah im Geist drei schlaksige, langhaarige Jungen und zwei Blue-Jeans-Mädchen in einem Lokal sitzen, die Köpfe zusammenstecken, flüstern und ängstlich nach der Polizei Ausschau halten. Dieses festumrissene Phantasiebild vor Augen, brauste er durch die wenigen Cafés und Eisdielen von Oesterlingen. Sein stets mahlender Karpfenmund zeigte Bereitschaft, alle fünf Delinquenten auf einmal zu verschlingen.

Aber — was sonst sein Polizeiauge hätte leuchten lassen, war ihm heute Anlaß zu immerwährendem Ärger. Überall saßen behäbige Bürgersleute, Vertreter, die über mageren Auftragsbüchern brüteten, klatschende Damenkränze und in den dunkleren Ecken Liebespärchen, die ›Grabstein und Efeu‹ spielten, was heißen will, daß ein schlankes Mädchen sich an einem breitgebauten Burschen emporrankte. Alles Figuren, die niemals nachts mit dem Spaten arbeiten oder bösartigen Witwen Prügel androhen würden.

Mit müden Flossenschlägen steuerte er gegen Abend seiner heimischen Fischreuse zu.

Zur gleichen Zeit hockten und lagen die fünf furchtbaren Schänder des noch furchtbareren Denkmals ohne Furcht in ›Sonjas Höhle‹. Die Bezeichnung ›Höhle‹ war von den jungen Leuten nur gewählt worden, weil — nach ihrer Ansicht — Verschwörer sich eben in solch' geheimnisvollen Orten zu treffen pflegen.

In Wirklichkeit bevölkerten sie ein entzückendes Jungmädchenzimmer. Sonjas Vater war ein angesehener Arzt und die Mutter eine gesuchte Kinderärztin. Als eine Art Entschuldigung dafür, daß sie sich so wenig um die siebzehnjährige Tochter kümmern konnten, hatten sie ihr dieses komfortable Zimmer eingerichtet und interessierten sich nicht allzu viel um ihr Tun und Treiben.

Hier — auf der grünen ›Liegewiese‹ — wie sie den Teppichboden nannten, im Halbkreis um den bodennahen Tisch gelagert, zuweilen auch auf der stufenförmig ausziehbaren Couch hockend, schmiedeten sie ihre Pläne für die nächtlichen Unternehmungen.

Die zwei Mädchen, Sonja Pfeuffer und Claudia Endres, schmiegten sich dabei meist gemeinsam in die graugrüne Sitzmuschel, streckten die langen und kurzen Beine weit von sich und blinzelten in das helle Licht, das durch das gegenüberliegende, fast die ganze Wandbreite einnehmende rechteckige Schiebefenster in das weiträumige Zimmer flutete und die teils einfarbigen hellroten, teils mit grellen Pop-Farben bunt gemusterten Tapeten noch freundlicher erscheinen ließ. Aus der Nische des eingebauten hellen Eschenholzschrankes begleitete leise Hintergrundmusik die jugendlichen Diskussionen.

»Also — soweit ich herumgehört habe — durchbricht der Jubel des Volkes über die Erdung des städtischen Schandmales alle Grenzen.« Sonja wirft es lachend in die Debatte, dehnt sich wie eine Katze, verschränkt die Hände hinter dem Nacken und läßt den Kopf mit dem kastanienbraunen, naturgewellten Haar über den Rand der Muschel hängen.

»Richtig bemerkt, edles Räuberhaupt — aber es dünkt mir, als habe man die tiefe Symbolik meiner Kaktuspflanze nicht voll gewürdigt.«

Konrad Maler, ein breitgebauter Hausmeisterssohn von sech-

zehn Lenzen, bedient sich ebenfalls dieser pathetischen Art zu reden, die von Sonja eingeführt, nun in diesem Verschwörerkreise üblich geworden ist.
»Schlage vor — bei ähnlichen Aktionen — in Zukunft Eigenbau zu produzieren. Kommt auch viel billiger.«
»Conny, du bist und bleibst ein phantasieloser Büffel, bar aller Romantik.« Bertl Satzinger schlägt Maler auf den breiten Buckel und erntet einen verliebten Blick Claudias. Er war der größte von allen, entsprach mit seinen schulterlangen, blonden Haaren, den abgewetzten Blue Jeans und dem rotkarierten Hemd am meisten den Kanthuber'schen Vorstellungen von einem Mitglied der gesuchten Bande. Für die Eltern, die ein gut florierendes Textilgeschäft unterhielten, bildete er eine stete Quelle des Ärgers. »Schlechte Reklame für unsere Herrenbekleidungs-Abteilung«, hieß es, »wenn der Sohn und Erbe wie ein abgerissener Gammler durch die Straßen läuft.«
Im Gegensatz zu Bertl legte Helmut Danner, der dritte Mann im ›Bunde der Gerechten‹ größten Wert auf elegante Kleidung. Er wurde dabei von seiner Mutter, die — verwitwet — als Angestellte im Rathaus arbeitete, in jeder Hinsicht unterstützt.
»Laßt uns nicht ausruhen auf unserem Suppengrün, sonst verwelkt die Pracht des frischen Lorbeers. Wir wollen neue Taten sehen, sprach Napoleon, nahm eine Prise und galoppierte in Richtung Moskau.« Helmut, den sie ›Hel‹ nannten, gab damit das Signal zur Planung eines neuen Einsatzes der ›freiwilligen Selbstjustiz‹, wie sie zuweilen ihre geheimen Unternehmungen titulierten.
»Wohlan, Claudia, strenge dein grübchenbewehrtes Kinderköpfchen ein wenig an! Zuweilen entspringen durchaus brauchbare Gedanken den infantilen Windungen deines Großhirns.«
Beleidigt zu sein, galt unter den fünf Verschwörern, die alle die

gleiche Gymnasialklasse besuchten, als ein verdammenswertes Delikt. Auch die fünfzehnjährige Claudia, das ›Bundesbaby‹, wie Bertl sie getauft hatte, war weit davon entfernt, Hels spöttische Aufforderung übel zu vermerken. Im Gegenteil: sie vertiefte ihr Grübchen in der rechten Wange, ließ lächelnd ihre blanken Zähne blitzen, fuhr sich mit der Hand durch das kurzgeschnittene, dunkelblonde Haar und nahm anschließend die Pose eines tief nachdenkenden Philosophen ein, dessen bescheidenes Denkmal in einem lauschigen Winkel der Stadt Moos ansetzte.

Claudia, die von den Erwachsenen ein ›nettes Persönchen‹, von den Schulkameraden ein ›goldiger Pfropfen‹ genannt wurde, plantschte vergnügt im Thermalbad allgemeiner Beliebtheit. Sie war ausgesprochen hübsch, verfügte über ein freches Stupsnäschen unter hellen, runden Augen und wirkte, bei aller Zierlichkeit ihres ganzen Körpers, durchaus stabil. In Lehrerkreisen schätzte man sie als eine blendende Schülerin, voll origineller Gedanken, die als jüngste der Klasse fast in allen Fächern an der Spitze lag. Sie schaffte alles spielend, gelockert, ohne jede Streberei und frei von Ehrgeiz. Jedenfalls hätte niemand nur im Traum daran gedacht, daß diese freundliche, stets gleichmäßig heitere jüngste Tochter eines Schreinermeisters jemals bei Nacht und Nebel durch Oesterlings Gassen schleichen und giftzahnigen Witwen Prügel androhen würde.

»Seid still — Claudia denkt!« Sonja hebt beschwörend ihre Hände, bevor Bertl, Conny und Hel in gemeinsamer Frozzelei über das ›Bundesbaby‹ herfallen können. Die hochgewachsene, sportlich gestählte Sonja, Zierde des Reitervereins, auffallend früh zu einer geschlossenen Persönlichkeit gereift und Älteste in der Runde, galt allen als unangreifbar. So hielt man sich gerne an der kleinen Claudia schadlos, was bei deren Schlagfertigkeit nicht als Angriff auf einen schwächeren Partner anzusehen war.

»Ich hab's«, ruft Claudia und markiert jähes Erwachen aus philosophischer Versunkenheit.

»Vernehmt, ihr weisen Männer und Frauen von Oesterlingen, was im Brutkasten meines von Hel so geschmähten Hirnes das Licht der Welt erblickt hat!«

»Baby — wir sind mehr Auge als Ohr«, wirft Bertl dazwischen, »leg los, kluges Kind!«

»Schluß jetzt mit dem quatschigen Gerede«, fährt Claudia dem Spottlustigen in die Parade, wobei sie sich weniger über Bertl als über ihr dummes Rotwerden ärgert.

»Also, ich habe mir folgendes ausgedacht: Morgen früh um 11 Uhr soll doch im großen Rathaussaal die Büste des ehemaligen Kommerzienrates Dr. Eschenbach feierlich enthüllt werden, um dann in einer sogenannten ›Ehrennische‹ des Treppenaufgangs für alle Zeiten Aufstellung zu finden. Ich meine nun, es genügt, daß wir schon eine Dr.-Eschenbach-Straße haben und auch das neue Schulhaus seinen Namen trägt. Freilich — er hat der Stadt einen tollen Brocken vermacht. Aber wo sollte der olle Junggeselle ohne Kinder und Erben schließlich mit seinem Millionenzaster hin? Ins Grab mitnehmen konnte er ihn sowieso nicht. Schön von ihm . . . Ehre seinem Angedenken . . ., aber nun langt's! Wer aber redet noch von dem Schriftsteller Klaus Meyer-Oesterlingen, der mit seinen psychologischen Romanen ein wenig die Dornröschenhecke unseres Nestes für die Außenwelt gelichtet hat? Aber geistige Werte gelten ja bei unseren Spießern nichts. Die haben nur Illustrierte, Kurszettel und den Stadt-Anzeiger als Lektüre. Berühmt ist bei denen nur, wer Geld hat und Geld gibt. Als dann vor einigen Jahren Klaus Meyer tödlich mit dem Wagen verunglückte, da haben sie sich zwar plötzlich an den ›Sohn der Stadt‹ erinnert und es an riesigen Nachrufen im Käsblättchen nicht fehlen lassen. Doch einige Jahre später war er — hier in unserer Stadt . . . nicht etwa im weiten Land — ebenso vergessen, wie seine junge Witwe, die sich von den Honoraren mit ihren zwei Kindern unmöglich über Wasser halten konnte und nun im Büro des Rechtsanwaltes Dr. Sperber ihre Tage verklappert . . .«

»Oh, Claudia, du sonnige Pflanze«, unterbricht sie Sonja, »mir schwant Unheil! Du wirst doch nicht, gleich der heiligen Johanna mit erhobenem Schwert am morgigen Sonntag vor die Dr.-Eschenbach-Büste treten wollen, um der versammelten Prominenz die Bedeutung deines Klaus in die wohlgenährten Angesichter zu schmettern?«

»Ein phantastischer Anblick wär's. Lachend wälzte sich Conny auf der Liegewiese. »Sich vorzustellen, wie nach deiner ersten explodierenden Satzbombe Polizeirat Heller aus der vordersten Stuhlreihe aufspringt, deine zarten Handgelenke mit rohen Handschellen schmückt und dich — vor Empörung grunzend — durch die Hintertüre abschleppt . . . das allein ist schon unüberbietbarer Augenschmaus.«

Hel wird von Bertl überschrien, der vor Entzücken japsend die Schlagzeilen aufführt, welche in fetter Balkenschrift am Montag die Ausgaben krönen würden.

»Ungezogener Teenager schmäht Ehrenbürger unserer Stadt!« »Freche Göre schockiert Festversammlung« oder »Bundesbaby äfft Stadtrat«. Hier hat der Jugendrichter das letzte Wort . . .«

»Haltet ein, ihr wildgewordenen Blödiane!« Claudia verschafft sich wieder Gehör. »Das würde euch so passen! Ich soll allein die Kastanien aus dem Feuer holen und ihr grinst albern von der Empore. Mitnichten — edle Zunftgenossen! Unsere Satzung schließt Alleingänge aus. Es muß immer alles gemeinsam gemacht werden.«

»Beruhige dich, Claudia. Natürlich hast du recht!« Sonja glättet die Wogen der Heiterkeit. »Der Gedanke, dich in so rhetorischer Pose stehen zu sehen, war aber auch zu reizvoll . . . Also — nun lande weiter deine Breitseiten, Baby . . . und ihr, teure Mannen, haltet die Klappe.«
»Also paßt auf, ihr kanthuber'sches Jagdwild. Wenn wir morgen der erlauchten Gesellschaft unsere Meinung sagen wollen, die sich übrigens mit der Ansicht eines Großteils unserer Bürger deckt, dann bleibt uns sowieso nicht mehr viel Zeit. Ich habe daheim von unserem Schreinergesellen heimlich eine Pyramide aus Sperrholz bauen lassen, die ungefähr die gleiche Höhe hat, wie Dr. Eschenbachs blankes Bronzehaupt. Maße und Foto der Büste waren ja neulich in der Zeitung zu bewundern. In die Vorderseite dieser geometrischen Figur haben wir dann das Großformatfoto Klaus Meyer-Oesterlingens eingelassen, das bisher die Wand meiner Bude geziert hat. Ihr kennt es ja. Ich hab' es damals in der siebten Klasse, als Klaus mein großer Schwarm war, bei seiner Dichterlesung in der Aula von ihm selbst signieren lassen.«
»Prima — Baby — aber kann man sich denn auf die Schweigsamkeit deines technischen Assistenten verlassen?«
Conny macht diesen Einwurf, und auch die anderen äußern ihre Bedenken. »Da könnt ihr hundertprozentig sicher sein«, fährt Claudia fort, »Heinz geht für mich durchs Feuer. Nicht einmal die Folter würde ihm ein Wort entreißen!«
»Nun übertreib' mal nicht, Bundesbaby«, meint Hel, »aber es ist ja nun sowieso nicht zu ändern. Wenn besagter Heinz richtig in dich verknallt ist — und das scheint ja wohl der Fall zu sein — so wird er sich wohl kaum den Mund verbrennen. Also — wie geht's weiter, du harmlos dreinschauende Oberkriminelle?«
»Das weitere ist doch wohl klar«, erläutert Claudia. »Sonja ver-

teilt wie gewöhnlich die Rollen. Heute abend noch muß jemand sich im Rathaus einschließen lassen und den Eschenbach-Kopf mit unserer Pyramide vertauschen. Wahrscheinlich brauchen wir zwei dazu, denn unser Kommerzienrat dürfte einen sehr gewichtigen Kopf haben. Den kann eine Person allein nicht herunterheben, um ihn in einer dunklen Rathausecke zu verstauen. Dann wird die Pyramide mit dem weißen Tuch, unter dem zuvor Eschenbach der Enthüllung harrte, zugedeckt, und niemand wird morgen zunächst etwas ahnen. Das gibt einen wahrhaft historischen und für den Hauptredner hysterischen Augenblick, wenn das Tuch feierlich zur Erde sinkt und Klaus Meyer freundlich in die verdutzte Versammlung lächelt.—«

»Ausgezeichnet!« »Klasse!« »Einfach toll!« »Unser größter Schlager!« »Claudia, du bist einzig!« »Unser Baby ist eben doch das durchtriebenste Biest im Oesterlinger Tiergarten!« ... So klingt es durcheinander in der Runde. Alle sind Feuer und Flamme.

Und nun beginnt ein langes, sachliches Palaver. Es muß ja alles festgesetzt werden. Wer fürs Rathaus bestimmt ist, wer Wache hält, wie man am Samstag, wo doch geschlossen ist, dennoch ins Haus ... und wie wieder herauskommen könnte.

Doch der Gedanke, daß sie — nach getaner Arbeit — morgen von der Galerie aus zusehen und die Früchte ihres nächtlichen Wirkens ernten würden, gibt ihnen einen besonderen Schwung.

Als sie am Spätnachmittag Sonjas Höhle verlassen, sind alle Fragen theoretisch gelöst und jedem Mitglied ist seine bevorstehende Aufgabe zugeteilt.

»Fünf Finger — und eine Hand«, sagt Sonja und hebt die gespreizte Rechte.

»Fünf Finger — und eine Hand«, murmeln die anderen dumpf zum Abschied und heben in gleicher Weise die Hände.

Das war der Wahlspruch, den sie sich gesetzt hatten. Er sollte sagen: Jeder von uns Fünf arbeitet für sich allein, lebt sein Leben, ist wie er ist, kann denken, was er will — aber bei unseren Unternehmungen halten wir zusammen wie eine Hand.
Es galt jetzt nur noch, das persönliche Problem zu lösen, wie man sich unauffällig aus dem heimischen Familienkreis loseisen könnte. Da es ein Samstagabend war, boten sich ja vielerlei Vorwände an, ohne daß man Verdacht schöpfte. Lediglich Claudia sah sich jedesmal genötigt, heimlich aus dem Fenster ihres ebenerdigen Schlafgemaches zu steigen. Sie wurde sehr streng gehalten und versuchte daher gar nicht erst, ihre Eltern um eine abendliche Ausgangserlaubnis anzugehen. Doch auch für sie galt der Samstag als der klassische Ausstiegabend. Schreinermeister Endres lag nämlich dann mit Sicherheit ab 20 Uhr im »Goldenen Anker« vor Anker und klopfte bis zur Polizeistunde seinen Skat. Und die Mutter, welche neben dem Haushalt noch die ganze Büroarbeit auf dem Hals hatte, schlief in der Regel beim Fernsehen ein, wurde von Claudia, die als einzige der Geschwister noch im Hause wohnte, liebevoll geweckt und ins Bett gebracht. Dort versank sie in einen undurchdringlichen Bärenschlaf.
Während nun alle Fünf dem Abend entgegenfieberten, der Bürgermeister und einige Honoratioren sich aufgeregt ihre Reden von den Ehefrauen abhören lassen und sie probeweise vor dem Schlafzimmerspiegel halten . . . dämmert lediglich Dr. Eschenbachs Bronzehaupt unter einem frischgestärkten Tischtuch, völlig gefühllos der ereignisvollen Nacht entgegen.

KOPFJÄGER AUF DEM KRIEGSPFAD

»Elli«, sagte Kommissar Kanthuber und ließ den letzten Brokken Leberkäs in seinem Fischrachen verschwinden, »Elli, die Samstagsnacht hat es in sich. Sie eignet sich für Unsinn und Untat der Schüler in ganz besonderer Weise. Sonntags können sie ausschlafen. Um Ausreden wegen zu langen Ausbleibens sind sie am Wochenende nie verlegen. Auf Straßen und Gassen herrscht an so einem milden Juniabend immer noch reger Betrieb, so daß sie nicht so sehr auffallen. Kurzum — nimm mir's nicht übel — aber ich fühle mich verpflichtet, noch einen dienstlichen Rundgang zu machen. Um die Zeit zu überbrücken, schaue ich dann ein wenig in den ›Goldenen Anker‹ hinein, spiele vielleicht einige Runden Skat . . . und kämme gegen Mitternacht noch einmal alle verdächtigen Winkel von Oesterlingen durch. Es wird spät . . . oder vielleicht sogar früh werden, bis ich heimkomme.«
Frau Elli, die ganz genau wußte, daß ihr Ehegatte den Schülern keineswegs im Finden von Ausreden nachstand, wenn es galt, seinen Skatabend dienstlich zu rechtfertigen, spielte zwar ehrenhalber ein wenig die Gekränkte, war aber im Grunde heilfroh, daß sie sich an diesem Abend mit ihrer Untermieterin ungestört dem Schlagerfestival hingeben konnte und nicht das Fußballspiel über sich ergehen lassen mußte.
»Also dann, schlaf gut!« Kanthuber stülpte die karierte Sportmütze mit dem lächerlichen Bommel drauf über seinen eckigen Schädel und entwich vergnügt den heimischen Fischgründen.

Friedlich schlummerte im Dämmerschein das Denkmal, von Erdenlast und Schmähpflanze befreit. Der Kommissar durchforstete mit seinem scharfen Blick kurz die umliegenden Parkanlagen, bummelte dann durch die Kettengasse, wo er die Witwe Zahn, unverprügelt und heftig klatschend, vorfand, ließ seine Augen im Vorbeigehen über die fröhlich plaudernden Besucher einiger Wirtsgärten gleiten und knallte schon bald darauf seinen harten Knöchel begrüßend auf die Platte des Stammtisches im ›Goldenen Anker‹, an dem die Skatrunde sehnsüchtig seiner harrte.

»Servus, Kanthuber«, knarzte ihm Schreinermeister Endres mit etwas fettiger Stimme entgegen. »Verbrecherjagd beendet?«

»Immer noch nicht Witterung aufgenommen von streunenden Jungtieren, welche die tragenden Pfahlstämme unseres Städtchens benagen?« Tierarzt Dr. Melcher konnte es niemals unterlassen, den Skatbruder ›Karpfen‹ mit der erfolglosen Fahndung nach der Jugendbande aufzuziehen. Auch die anderen warfen diese und jene Bemerkung dazwischen, die sich alle auf seine, im ganzen Städtchen bekannte Spezialaufgabe bezogen.

»Bei mir daheim«, beendete Endres die übliche Ouvertüre vor dem ersten Ausgeben der Karten, »bei mir daheim, da herrscht Ordnung. Meine Söhne und Töchter konnten in ihren Schuljahren abends keinen Schritt aus dem Haus tun, ohne daß ich genau wußte, wohin ihr Weg ging. Und bei meiner Letzten, der Claudia, halt' ich's genauso. Die hockt jetzt mit meiner Frau vor dem Fernseher, dann geht sie früh ins Bett, liest ein wenig und schläft sich gesund. Sie sieht nicht umsonst so frisch aus. Wenn alle Väter ihre Brut gründlich an die Kandare nehmen würden, hätten wir hier das ganze Affentheater nicht, und Kanthuber könnte seine Samstage in Ruhe verbringen.«

Damit begann das Spiel. Man hörte aus der Stammtischecke nur

noch das Knallen der Karten, untermischt mit Kraftausdrücken und — ab und zu — einem Rufe nach der Mia, der Kellnerin, um sie zur Erneuerung des flüssigen Nachschubs zu ermuntern.
Eben in diesen Minuten, da sich Herr Endres vor seinen Skatbrüdern im Wohlgefühl seiner unbestrittenen väterlichen Autorität aalte, hüpfte sein angeblich so streng bewachtes Töchterchen aus dem rückwärtigen Fenster, warf einen Blick auf die Kirchturmuhr, die 21.15 Uhr zeigte, und zottelte, vergnügt vor sich hinpfeifend, den städtischen Anlagen zu, die gleich neben dem Rathaus ihren Anfang nahmen. Sie trug die zwischen den zwei Mädchen des Bundes vereinbarte ›Tarnbekleidung‹: hautenge schwarze Hosen, strammsitzenden dunklen Pullover mit Ärmeln und leichte schwarze Schuhe. Man wußte ja nie, ob man nicht über Zäune klettern, unter Brücken kriechen oder sich einfach im Duster der Nacht auflösen mußte.
Auf dem Bänkchen am Parkrand, unter den wuchtigen Ahornbäumen, fast von der Abenddämmerung verschluckt, lümmelten die drei Jungens. Auch bei ihnen waren die dunklen Anoraks eine gute Tarnung. Claudia gesellte sich stillschweigend zu ihnen. Und nun begann ein eifriges Flüstern. Das Bundesbaby mußte doch ins Bild gesetzt werden, auf welche Weise es Sonja geglückt war, am Samstagabend in das leere Rathaus zu kommen, wo sie den Coup vorbereiten sollte.
Das war folgendermaßen geschehen: Nachdem Hel ermittelt hatte, daß lediglich eine kleine Seitentüre, die zur Polizeistation führte, am Samstag durchgehend geöffnet war, spazierte Sonja gegen 20 Uhr hocherhobenen Hauptes, mit einem weißen Superminiplisseerock und einer roten Bluse bekleidet, auf hochhakigen Plateausohlen direkt in das Zimmer der Wachmänner. Die beiden anwesenden Polizisten kannten das Mädchen vom Sehen und wußten auch über ihr Elternhaus Bescheid.

Sie fragten bereitwillig nach ihrem Begehr, vernahmen, daß die Gymnasiastin ein goldenes Armband verloren habe und bedauerten, ihr nichts über den abgelieferten Fund sagen zu können. Als Sonja wieder hinausrauschte, öffnete ihr der jüngere der beiden Beamten eifrig die Wachstubentüre und sah ihr bewundernd nach, bis sie durch die kleine Pforte das Rathaus wieder verlassen hatte.

Hel, Conny und Bertl standen inzwischen draußen Posten. Sonja stakste auf ihren ungewohnten Plateausohlen an ihnen vorbei, als hätte sie die drei noch nie gesehen. Hinter einem Busch in den Anlagen vertauschte sie rasch die unbequemen Schuhe mit leichten Turnschuhen, die unter der Bank von den Gefährten — verabredungsgemäß — bereitgestellt worden waren. Kaum blieb ihr mehr Zeit, das hochhakige Paar dort zu verbergen, als auch schon Bertl durch einen vereinbarten Pfiff die Straße ›frei von Passanten‹ meldete. Blitzschnell sauste Sonja aus dem Park über die Straße, schlüpfte erneut durch die kleine Nebenpforte ins Rathaus, huschte an der Polizeitüre vorbei, rannte lautlos die breiten Steintreppen empor und verschwand im ›Großen Sitzungssaal‹. Daß dieser unverschlossen war, wunderte sie nicht weiter, sie hatte damit gerechnet. Die dicken Säulen, welche die Galerie trugen, die eingelassenen Embleme der Stadt und die Wappen der alten Ritter- und Patriziergeschlechter sowie das Arrangement zerschlissener Fahnen aus dem Mittelalter in der rechten vorderen Ecke, wer sollte das schon fortschleppen? Und da stand ja auch, an der Stirnseite des Saales neben dem Rednerpult, das festlich verhüllte Eschenbachhaupt, flankiert von jeweils vier Lorbeerbäumen und je einer großen Schale mit bunten Blumen.

Sonja, deren Herz nun doch ein wenig klopfte, warf einen Blick in den weiten Raum. Feierlich reihten sich da Stuhl an Stuhl.

Die daraufliegenden Programme gaben ihr die Gewißheit, daß alles schon endgültig für morgen gerichtet und keine Störung mehr zu erwarten war.
Sie schlich zu einem der hohen, bis zum Boden reichenden Fenster, das zur Parkseite hinausging, schob den gerafften, schweren Vorhang ein wenig zur Seite und gab den drei Bundesgenossen auf der Bank ein kurzes Zeichen.
Diese wußten nun: Bis hierher hat alles wunderbar geklappt!
Sonja aber ließ sich in einem der riesigen, mit geschnitzten Wappen verzierten, uralten Sessel nieder, die in jeder Saalecke dem Jahrhundert nachtrauerten, in dem Bürgermeister mit goldener Kette oder gar hermelingeschmückte Fürstlichkeiten ihre Polster nachdrücklich belasteten.
Sie las eines der Programme durch. Von Zeit zu Zeit schüttelte es sie von unterdrücktem Lachen, wenn sie an den kommenden Festakt dachte.
Unendlich langsam verstrich die Zeit. Nach dem Zeitplan mußte nun auch Claudia zur Truppe gestoßen sein.
Dunkelheit füllte den Saal. Die Rathausuhr schlug 10mal. Da bummelte ein eng verschlungenes Liebespaar um die Ecke und bog in den schmalen Fußweg ein, der sich zwischen Rückwand des Rathauses und einem dichtbewaldeten Parkanteil hinzog. Etwa in sieben Meter Entfernung folgten zwei männliche Gestalten, die sich benahmen wie eifersüchtige Bewerber, schnalzten, pfiffen, höhnisch lachten. Jeder zufällig Vorbeikommende, der dieses Vorganges gewahr geworden wäre, hätte ihn ›alltäglich‹ oder besser ›allnächtlich‹ gefunden. Es war aber weit und breit niemand zu sehen.
Nun öffnete sich ein tiefgelegenes Rathausfenster. Sonja war mit dem zehnten Glockenschlag die Treppen herabgehuscht und hatte dies kellernahe Fenster als Einstiegluke bereitgemacht.

Im selben Augenblick verwandelte sich der neckische Sketch auf dem Fußweg. Das Liebespärchen begann sich zu entflechten. Claudia war mit einigen Sätzen an der einen Rathausecke und bezog dort Posten. Bertl lehnte sich an die andere Ecke, zündete eine Zigarette an, spielte den müden Gammler und beobachtete. Hel kletterte mit großer Gewandtheit, von Sonja gezogen, durch das Fenster und nahm mit dem Mädchen Bereitschaftsstellung, Richtung Parkrand. Eben dort holte der gewaltige Conny aus einem dichten Gebüsch die relativ leichte Holzpyramide und reichte sie den beiden zu. Er hatte sich dieses wichtige Ersatzstück gegen 18 Uhr, als Endres schon die Werkstatt verlassen hatte, von Franz geben lassen und in einem Sack auf einsamen Wegen, die alte Stadtmauer entlang, in dieses Versteck gebracht. Als letzten Zug dieser, von Sonja genau nach Minuten berechneten Aktion, konnte man dann den mühelosen Einstieg Connys durch das Rathausfenster ansehen.
Das weitere war einfach. Man jagte hinauf in den Rathaussaal. Während Sonja mit einer kleinen Stablampe leuchtete, hoben Hel und Conny den schweren Eschenbachkopf vom Podest, stellten die Pyramide an dessen Platz und ließen sich von dem Mädchen in eine Besenkammer neben dem Einstiegfenster leiten, wo sie das Oberteil des einst so kapitalkräftigen Junggesellen hinter allerlei Seilen und Eimern verstauten. Sonja eilte nochmals zurück, bedeckte die Klaus-Pyramide mit dem weißen Tuch, sorgte für klassischen Faltenwurf, schlüpfte hinaus, schloß die schwere Türe und sprang mit Hel auf den Waldweg. Conny zog noch mit Hilfe eines Heftpflasters das Fenster so fest zu, daß man am nächsten Morgen nicht auf den ersten Blick den Ein- und Ausstiegsweg entdecken würde. Dann folgte er, mit einem eleganten Sprung vom Fensterbrett, den anderen.
Der ›Bund der Gerechten‹ fand sich kurz in der Mitte des Fuß-

pfades zusammen. Man beglückwünschte sich, teils etwas zu liebevoll, teils derb . . . zu der bilderbuchmäßig verlaufenen Doppelkopf-Aktion. Dann suchte jeder, einzeln, seinen Heimweg auf.

Nur Claudia ließ sich noch im Vorbeigehen von dem muskelstarken Conny hochheben und spitzte durch einen Vorhangspalt in den ›Goldenen Anker‹.

Es bereitete ihr kein geringes Vergnügen, die Stammtischrunde bei der Arbeit zu beobachten.

Besonders reizvoll wirkte auf sie Kommissar Kanthuber, der mit tiefer Befriedigung einige Karten einheimste.

›Möge es ihm mit uns weniger glücken‹, dachte sie, als sie daheim das Nachttischlämpchen neben ihrem Bett ausknipste und sich kurze Zeit darauf von einem sanften Schlummer in die Arme nehmen ließ.

FESTLICHE ENTHÜLLUNG

Ein Sprichwort sagt: ›Die Sonne bringt es an den Tag‹. Schreibt man also diesem Himmelskörper solch detektivische Eigenschaften zu, so mußte ihm ja auch bekannt sein, daß er sein strahlendes, glutvolles Lächeln an diesem Sonntagsmorgen dem noch wohlverhüllten Klaus Meyer schenkte und nicht — wie die Öffentlichkeit wähnte — dem zu enthüllenden Dr. Eschenbach.
»Heiß heute!« Mit dieser geistvollen Feststellung einer nicht zu überfühlenden Tatsache begrüßten sich die Bürgersleute untereinander, die um ½ 11 Uhr der girlandengeschmückten Rathauspforte zustrebten.
Je kleiner ein Städtchen — um so strenger die Sitten.
Und so hatte es auch keiner der Ehrengäste gewagt, sich der Hitze des Tages entsprechend zu kleiden. Mit Kragen und Krawatte, in dunklen Anzügen, schwitzten die Männer ihrem Ziel entgegen. Auch die Frauen an ihrer Seite trugen ihre teuersten Roben zur Schau, ohne Rücksicht auf die 30 Grad im Schatten. Ein silbergraues Nerzjäckchen über den Schultern der pompösen Gattin des Großkaufmanns Herrlein half vollends das Lachen der Sonne zu verstärken.
Möglichst unauffällig mischten sich die Fünf Finger vom ›Bund der Gerechten‹ unter das Publikum auf der Galerie des Saales. Sie begrüßten sich von einer Emporenseite zur anderen durch kurzes Aufheben der gespreizten Rechten. Claudia war in einem winzigen Etwas von blumigen Frotteekleidchen mit laut klappernden Holzsandalen von zu Hause fortgelaufen.

»Aber Kind, so kannst du doch nicht ins Rathaus!« Diesen Ruf ihrer Mutter hatte sie erwartet und ihn mit einem vergnügten »Aber Mutti, bei der Hitze . . .!« beantwortet und sich, so schnell es ging, an der nächsten Straßenecke ihren musternden Blicken entzogen.
Frau Endres, die selbst gar nicht so engherzig war, freute sich im Stillen über ihr hübsches, eigenwilliges Töchterchen. Ein Glück, daß ihr alter Bär seinen Stammtischabend körperlich noch nicht bewältigt hatte und ihm daher Claudias Aufzug und Abgang entgangen war.
Doch die Mutter sollte mit ihrer Mahnung teilweise Recht behalten. Man nahm Anstoß! Natürlich nicht allgemein. Nur die quadratische Metzgermeistersgattin, deren Gewicht die Säulenkonstruktion der Galerie auf eine harte Belastungsprobe stellte, ereiferte sich mit ihrer Nachbarin, deutlich vernehmbar, über Claudias Freizügigkeit.
»Wenn ich Herr Endres wäre...« Das Ende dieses pädagogischen Ratschlages ging im gegenseitigen Tuscheln unter.
Das Bundesbaby war viel zu guter Laune, als daß es sich über ihre Sittenrichterinnen geärgert hätte. Claudia betrachtete vielmehr amüsiert, wie der Schweiß von der breiten Stirne der Empörten herniederrann, sich zu kleinen glitzernden Seen zwischen Augen und Wangenansatz sammelte, von dort in hellen Rinnsalen niedertroff, ein Fettgrübchen im Kinn als Becken füllte, um dann endlich — zweispurig — die knallgelbe Seidenbluse mit dunklen Flecken zu sprenkeln. Claudia konnte es sich nicht versagen, nach der vorangegangenen Lektion, die fünf Meter entfernte Sonja durch eine Kopfbewegung auf die Metzgerin aufmerksam zu machen und ihr das Wort ›Niagarafall‹ zuzurufen.
»Freches Stück . . .« fauchte die Verströmende, wobei sie sich

weniger über Claudia ärgerte, als darüber, daß ihr der ›Niagarafall‹ ein fremder Begriff war und sie ein ausländisches Schimpfwort dahinter vermutete. Tief beleidigt schenkte sie von nun an der Endrestochter keine Beachtung mehr.

Mit einem Schlage ebbten die Wellen des allgemeinen Geschwätzes ab. Der Bürgermeister — mit der goldenen Amtskette geschmückt — die Stadträte, Polizeirat Heller, die Rektoren der einzelnen Schulen und andere Prominente, mit oder ohne weibliche Begleitung, zogen in den Saal und nahmen in der ersten Reihe Platz.

Unsere Fünf begutachteten mit vergnügtem Grinsen, wie Kommissar Kanthuber, der ja speziell auf sie angesetzt war, dem linken Eckstuhl die Ehre gab. Hinter der verhüllten Büste hatte sich inzwischen ein Quartett der städtischen Musikschule aufgebaut. Geigen, Cello und Bratsche wurden gestimmt. Der erste Geiger hob den Bogen und nun klang programmgemäß Haydns Reiterquartett durch den stillgewordenen Raum. Die flotten Weisen elektrisierten vor allem Sonja, die engagierte Reiterin. Wie beim ›englischen Traben‹ wippte sie auf und ab und machte Handbewegungen mit fingierten Zügeln. In ihren — oben engen und unten weitausgestellten — himmelblauen Hosen und dem kleinen hellroten, ärmellosen Pulli, hätte sie bestimmt den Zorn der Niagaradame auf sich geladen, wenn nicht die Angst vor einem erneuten Fremdwort als Seelenbremse zur Auswirkung gekommen wäre. Die letzten Töne des Quartetts verhallten.

Wiegenden Schrittes begab sich nun Oberstudienrat Dr. Emmerling, nebenbei Archivar des Städtchens, zum Rednerpult. Er hüstelte, fummelte nervös am Mikrophon herum, breitete sein Manuskript aus, strich es glatt, stemmte sich an den Kanten der Schrägplatte empor, um seine rosige Kugelgestalt ein wenig nach oben anzureichern — und begann mit wissenschaftlichem Ernst seinen Vortrag. Dieser war unter dem Thema: ›Dr. Eschenbach — und unsere Stadt — eine Analyse der wechselseitigen Beziehungen‹ auf dem Programm verzeichnet.

Geduldig in ihr Schicksal ergeben, lehnte sich die Bürgerschar zurück. Die meisten richteten sich auf einen längeren Schlaf ein. Nur die armen Gestalten der ersten Reihe mußten für ihr prominentes Dasein einen hohen Preis entrichten und markierten mit schiefgehaltenem Kopf gespannte Aufmerksamkeit. Die Galeriebewohner dagegen machten es sich bequem, tuschelten miteinander, begutachteten von oben herab die Kleider oder blickten mit hirngelösten Kalbsaugen ins Leere.

Bertl hatte sich langsam an Sonjas Seite herangeschlängelt, was Claudia ein wenig betrübte.

»So ein blöder Krampf!« sagte er kopfschüttelnd. Sonja stimmte ihm lebhaft zu. »Bei jeder Feier hat alles Angst vor dem unvermeidlichen Referat. Trotzdem wird es gehalten, und die dämlichen Kohlköpfe lassen sich widerspruchslos berieseln. Bei jeder Feier stöhnt und schimpft das Publikum über die Länge der Rede, aber jeder Festredner fühlt sich verpflichtet, seine halbe Stunde abzudienen. Bei jeder Feier ärgert sich ein Großteil der Besucher über die vielen Fremdwörter und das ganze hochgeistige Getue, aber der Herr Referent glaubt, auf diese Rosinen in seinem Kuchen nicht verzichten zu können. Und nach jeder Kleinstadtfeier stimmt die Lokalpresse ein Loblied an auf die feinsinnigen, tiefschürfenden Ausführungen des Referenten. Zum Kotzen das Ganze! Der Redner markiert Wissenschaftlichkeit, die Zuhörer markieren Aufmerksamkeit, die Presse markiert Bewunderung — und alle miteinander lügen.«

»Heilfroh bin ich«, flüstert ihr Bertl ins Ohr, »daß nachher unsere Mine hochgeht. Das bringt Leben in den faulen Laden.«

»Ich hätte einen Wecker im Pult einbauen sollen, der nach einer 1/4 Stunde losschellt. Weißt du, so einen gemeinen, gellenden Küchenwecker.« Sonja sagte es — ehrlich bedauernd.
»Tolle Idee!« meint Bertl. »Das wird vorgemerkt und bei Gelegenheit irgendwo ausgeführt.«
Inzwischen versuchte der kleine Oberstudienrat krampfhaft, dem einfachen und ziemlich dürren Leben des Dr. Eschenbach einige Grünflächen einzupflanzen und das ›Engagement‹ des reichen Junggesellen für Oesterlingen und seine stete ›Kommunikation‹ mit dessen Bürgern durch Aufzählung der Vereine, bei denen er Mitglied war, unter ›Beweis zu stellen‹. Ölartig floß die Rede dahin. Als sie endlich im freudigen Klatschen der erwachenden Schläferschar ihr Ende fand, hätte wohl niemand der Anwesenden sagen können, was nun eigentlich die Leistung Dr. Eschenbachs gewesen war, es sei denn, die Vererbung seines Vermögens an den Stadtsäckel. Und das hatten sie schon zuvor gewußt.
Doch nun fand die Versammlung allmählich wieder zum Leben zurück. Die Instrumente stimmten sich ein. Das Mozart'sche ›Jagdquartett‹ perlte durch den Raum und erquickte die Schmorenden.
Die Fünf Finger aber schwitzten in freudiger Erwartung. Auf dem Programm stand ja nun: Der Oberbürgermeister enthüllt die Büste Dr. Eschenbachs.
Im Gegensatz zum Vorredner, der sich mehr nach beiden Seiten hin entwickelt hatte, handelte es sich beim Haupt der Oesterlinger Gemeindevertretung um einen ausgesprochenen ›Senkrechtstarter‹. Er überragte seine Ratsmitglieder um Haupteslänge. Sein eiförmiger Kopf schien den Haarwald jäh durchstoßen zu haben, so daß er nackt von einem dichten grauen Gekräusel umgeben, in die Luft ragte.

Auch die Gesichtsfalten, die an einen gutmütigen Neufundländer erinnerten, zeigten senkrechte Tendenzen. Auf langen Beinen stelzte er hinter das Pult, öffentliches Auftreten gewohnt, seiner Sache absolut sicher.
»Jetzt spielt er auf der Prominentenharfe«, bemerkt Claudia boshaft. Sie hat sich inzwischen ebenfalls an Sonjas Seite durchgearbeitet. Allzu lang wollte sie Bertl nicht mit dem »Räuberhaupt« allein lassen. Unten vollzog sich die von Claudia angekündigte Ouvertüre. Die Honoratioren wurden nach Rang und Stand begrüßt. Jeder Genannte lächelte geschmeichelt und beugte sich mit geradem Rücken ein wenig nach vorne. Der Direktor des Arbeitsgerichtes wurde versehentlich übergangen. Wie üblich schnappte er ein.
»Hast du's klicken hören?« Bertl stupst Sonja an und alle drei sehen mit Vergnügen, wie der also Beleidigte die Mundwinkel herabzieht und das Kinn gekränkt nach unten drückt.
Die ›Harfenklänge‹ waren verhallt.
Flott peilt der Oberbürgermeister sein Ziel an.
In keiner Unterrichtsstunde waren die Fünf so aufmerksam, wie in diesen Minuten.
»Nachdem mein Herr Vorredner«, tönte es sonor aus dem Munde des OB, »in hervorragender Weise das Leben und Wirken unseres Dr. Eschenbach vor unserem geistigen Auge hat erstehen lassen, und dessen hohe Verdienste um die Stadt ins rechte Licht gerückt hat, darf ich auf eine neuerliche Laudatio des von uns allen so verehrten Oesterlinger Gönners verzichten. Der Stadtrat hat in seiner Sitzung vom 19. Januar einstimmig beschlossen, eine Büste dieses edlen Mannes in Auftrag zu geben, der unterdessen der bekannte Münchner Künstler Stefan Edelhagen Gestalt und Form verliehen hat. Es war unser aller Wunsch, daß nicht nur sein Name durch Schule und Straße im

Gedächtnis der Bürger erhalten bleibe, sondern daß nun auch seinem Angesicht Ewigkeit verliehen werde.«

»So ein Quatsch!« brummte Bertl.

Von allen Seiten treffen ihn bitterböse Blicke und ein vielfaches »Psssssst!« schafft Stille. Man hört den Bürgermeister mit immer mehr pathetisch schwingender Stimme.

»In einer Nische beim Treppenaufgang zum Sitzungssaal, unübersehbar, soll er nun freundlich allen Besuchern des Rathauses ins Auge schauen und sie ermutigen, in gleicher Weise vornehm, zum Wohle unserer Stadt zu handeln.«

»Jetzt kommt's.« Die fünf Kopfjäger klammern sich an die Brüstung, lehnen sich vor und bibbern in kaum zu bändigender, lustvoller Spannung.

»Ich bitte Sie, sich von den Sitzen zu erheben!«

Stühle knarren, Füße scharren. Die Versammlung steht. Alle richten ihre Blicke auf das verhüllende Leintuch.

Das Stadtoberhaupt faßt nun feierlich einen Zipfel des Tuches.

Das Quartett spielt — Pianissimo — eine klassische Weise.

Der Oberbürgermeister wirft seinen Kopf in den Nacken, macht einen ovalförmigen Mund und spricht mit erhöhter, getragener Stimme:

»Dr. Eschenbach — Freund und Gönner von Oesterlingen — dein Bildnis leuchte allen Bürgern voran — jetzt — und für alle Zeiten!«

Claudia verkrampft ihre Finger in Sonjas Arm. Die Jungen beißen sich auf die Lippen, um nicht herauszuplatzen.

Ein Ruck — — — — — —

Ein gurgelnder Laut des Oberbürgermeisters.

Ein wildes, zweistimmiges »Hach . . .« aus Hellers und Kanthubers Munde.

Ein bestürztes »OOOOHHH!« Dr. Emmerlings.

Ein gemeinsamer Schrei der Hörerschaft.
Einige »UUUiiiiihs!« aus jugendlichen Kehlen.
Und dann — ein Zusammenschlagen aller verhaltenen Wellen in wildem Sturmgetöse.
Jeder macht jeden auf das aufmerksam, was doch jeder mit eigenen Augen sieht.
Mit freundlichem Lächeln blickt Klaus Meyer-Oesterlingen — fotogen, wie er stets gewesen war — aus seiner Pyramide auf die tobende See.
Von dem — für alle Ewigkeiten vorbestimmten Dr.-Eschenbach-Kopf — keine Spur! Wieder einmal ratlos umstehen die Polizeigewaltigen, der Oberbürgermeister, die Stadträte und empörte Ehrengäste den ausgewechselten Kopf.
Blitzlicht flammt auf. Die Presse wittert eine Riesensensation. Unsere Fünf gebärden sich empört — das sicherste Alibi in solcher Lage.
»Saustall«, brüllt Bertl in das Chaos.
»Schandbar«, quiekst Claudia mit ihrer hellsten Stimme.
»Unglaublich, sowas . . . wozu haben wir eine Polizei?« dröhnt Konrads dumpfes Organ und Hel assistiert ihm mit dem gellenden Schrei: »Das gibt's doch nur in Oesterlingen!« Nur Sonja gefällt sich in schweigendem Kopfschütteln.
Fassungslos starrt das Haupt der Stadt auf das Fotohaupt des Dichters. Polizeirat Heller und Kommissar Kanthuber reden auf den Hilflosen ein.
Da endlich fängt er sich wieder.
Er hebt beide Hände beschwörend in die Höhe, öffnet und schließt einige Male den Mund und erreicht, daß sich die Wogen glätten. »Meine Damen und Herren! Die Oesterlinger Bande war wieder einmal am Werk. Empörend — aber nicht mehr zu ändern. Wir werden alles daransetzen, die Schuldigen zu finden

und sie ihrer gerechten Strafe zuzuführen. So peinlich es ist, aber es bleibt mir nichts anderes übrig, als diese so schön erdachte und wohl vorbereitete Festlichkeit abzubrechen. Wir werden die Feier nachholen, sobald die Büste wieder greifbar ist. Für heute muß ich sie bitten, nach Hause zu gehen und insgesamt mitzuhelfen, daß diese Attentäter, denen nichts heilig ist, endlich gefaßt werden. Vorher wird keine Ruhe im Städtchen. Meine Damen und Herren — ich danke Ihnen!«

Unter lebhaftem Stimmengewirr leerte sich der Saal. Die Fünf Finger mischten sich unters Volk. Mit Freude stellten sie fest, was allerdings den Oberbürgermeister und seine Streitmacht mit tiefem Schmerz erfüllte, daß die erste Empörung mehr und mehr in allgemeine Heiterkeit umschlug.

Als einer der Fröhlichsten verließ Forstamtmann Eberlein den Saal. Er war ein biederes Rauhbein, ein ausgezeichneter Schütze, aber kein Redner. In fast schlafloser Nacht hatte er — immer und immer wieder — seine Ansprache wiederholt, die er als Vorstand des naturkundlichen Vereins, dessen Mitglied unglücklicherweise Dr. Eschenbach gewesen war, heute hätte halten müssen.

Nun war er dieser Sorge enthoben.

Sein Herzschlag beruhigte sich wieder.

Bei der nächsten Kopf-Feier würde er den Forstassessor Schmidtmeier schicken.

Der schoß zwar meist daneben — aber reden konnte er.

KLEINE STADT STEHT KOPF

»Diesmal packen wir sie! Bei einer solchen Aktion, die doch umfangreiche Vorbereitung erforderte, müssen auswertbare Spuren zurückgeblieben sein.«
Heller versichert es immer wieder aufs neue dem Oberbürgermeister, der kopfschüttelnd neben der Holzpyramide steht und dumpf vor sich hinmurmelt: »So eine Schande! So eine Schande! Ich kann mich kaum mehr auf der Straße sehen lassen. Blamage, Hyperblamage, Superblamage! Und die Presse!! Die Presse! Ich mag gar nicht daran denken. Nur eine sofortige Aufhellung dieses Falles kann uns noch retten!«
»Es wird alles geschehen, Herr Oberbürgermeister, alles, wirklich alles! Kanthuber ist schon am Werk. Und auch die anderen Kripoleute werden Sonntagsdienst machen müssen.«
Doch der Vater des Städtchens, der nun allein mit Polizeirat Heller im Saale steht, macht nur eine müde, wegwerfende Handbewegung, die nicht von allzu großem Vertrauen in die Findigkeit der Oesterlinger Kriminalpolizei zeugt. Der leere Saal, die durcheinandergeschobenen Stuhlreihen, die verstreuten Programmblätter und der hohle Widerhall jedes gesprochenen Wortes, das alles vermehrt noch die tiefe Niedergeschlagenheit des OB, der so jäh um seinen ›großen Augenblick‹ gebracht worden war.
Da stürzt Kanthuber herein. Sein Quadratschädel glüht. Sein Mund karpft. Völlig außer Atem ruft er:
»Wir haben sie ... wir haben sie!«

»Wer war es?«
»Waren sie noch im Hause versteckt?«
»Na — Gott sei Dank!«
»Die können sich auf was gefaßt machen!«
Der Bürgermeister, der Polizeirat, sie wechseln einander ab in solch' erregten Ausrufen. Alle Müdigkeit ist verflogen. Hoffnung flammt auf.
»Herr Oberbürgermeister haben mich falsch verstanden«, stammelt Kanthuber erblassend, »wir haben sie ... leider nicht, die Bande, ich meinte die Büste, die haben wir!«
»Ach, die Büüüüüüüste!«
Die beiden dehnen — aus tiefster Enttäuschung heraus — dies Wort so lang, daß der eben noch so in den Himmel gehobene Dr. Eschenbach beim Anhören solch abwertender Tönung, sich wild wirbelnd im Grabe herumgedreht hätte.
»Kanthuber ... !!!« Heller schreit es in wilder Verzweiflung. »Kanthuber ....!!«
Der unglückselige Kommissar schnappt hilflos nach Luft.
Kleinlaut, jedes Wort mit heftigen Handbewegungen unterstreichend, beteuert er, daß man mit dem Auffinden der Büste in der Besenkammer, mit der Entdeckung des Einstiegweges durchs hintere Fenster in den Besitz einer Menge heißer Spuren gekommen sei.
»Es ist nur noch eine Frage der Zeit, vielleicht eine Frage von Stunden und mein leider so ungeschickter Einwurf wird verhaftungsreife Wirklichkeit.«
Ein zweites Mal macht der OB seine ernüchternde Handbewegung. Ohne dem wiedergefundenen Eschenbachkopf einen Besuch abzustatten, verläßt er durch den Hinterausgang das Rathaus und versucht, ungesehen durch den Park und über einen Teil der Wehrgänge seine Villa zu erreichen.

Den Dienstwagen hatte er sowieso nicht warten lassen.
Das Festmahl, das ihn daheim unter falschen Voraussetzungen erwartet, schmeckt nach bitterem Hohn . . .
Inzwischen wimmelt es im Rathaus von Kriminalern und Polizisten. Heller leitet den Einsatz persönlich. Die Arme in die Hüften gestemmt, mit schweißbeperlter Glatze, überwacht er die lebhafte Ermittlungstätigkeit. Fingerabdrücke werden abgenommen, Fußspuren gemessen. Man durchstreift den Park und sucht nach den berühmten abgerissenen Knöpfen, Zigarettenkippen, Kaugummiumhüllungen, verlorenen Lippenstiften und anderen Indizien. Die jeweiligen Ergebnisse werden dem Polizeirat gemeldet, der weitere Richtlinien erläßt. Er fühlt sich wie ein Napoleon auf dem Feldherrnhügel.
Bis jetzt sind die Ergebnisse der Fahndung allerdings nicht überwältigend. Fest steht — aufgrund der Fußspuren — daß es sich um die gleichen fünf Jugendlichen handelt, die an der Denkmalsbestattung beteiligt waren. Fest stehen Einstieg und Ausstieg durch das hintere Fenster. Wer es allerdings geöffnet hat, ist zunächst nicht zu erklären. Der Hausmeister beteuert, daß es einwandfrei geschlossen war. An der Büste finden sich keine Fingerabdrücke. Offenbar hat man mit Handschuhen oder mit Taschentüchern gearbeitet. Die Abdrücke auf dem Fensterbrett sind verwischt und unklar. Nun bemüht sich Kanthuber um die Holzpyramide. Auf sie und vor allem auf das Bild des Dichters setzt er seine größten Hoffnungen.
»Herr Polizeirat, wir müssen ermitteln, woher das Sperrholz stammt. Vor allem aber, an wen Klaus Meyer-Oesterlingen solche Fotos im Großformat mit Widmung verteilt hat. Auch dürfte die Glanzoberfläche des Bildes geradezu klassische Fingerabdrücke aufweisen.«
Heller stöhnt. »Ermitteln Sie . . . ermitteln Sie, aber ich sehe

schon, daß wieder Tage darüber vergehen. Und wir wollten doch morgen schon dem sicher recht hämischen Bericht der Presse die dickgedruckte Sensationsmeldung von der Ergreifung der Täter voransetzen. Aber da wird wieder nichts daraus. Das sehe ich schon kommen.«

Ein junger Polizist tritt vor den Polizeirat. Er hat eine wichtige Meldung. Er baut sich vor Heller auf.

»Herr Polizeirat, am Samstag abend, so gegen 20 Uhr, erschien die Tochter des Dr. Pfeuffer, Fräulein Sonja, Schülerin des Parsival-Gymnasiums, auf der Polizeiwache und fragte nach einem goldenen Kettchen, das sie angeblich verloren hatte. Der abhandengekommene Gegenstand war allerdings nicht bei uns abgegeben worden. Ich begleitete Fräulein Pfeuffer zur Türe der Wachstube und sah ihr nach, bis sich die kleine Seitenpforte des Rathauses hinter ihr geschlossen hatte. Vielleicht könnte man das Mädchen befragen? Es ist doch keineswegs ausgeschlossen, daß sie beim Hereingehen im Vestibül des Rathauses, oder vorher und nachher, draußen irgendein Individium gesehen hat, dessen Identifizierung uns weiterhelfen könnte?«

Kanthuber tritt an die Seite des Meldenden.

»Und Sie haben nichts bemerkt?« fragt er den jungen Polizisten.

»Nein, Herr Kommissar, ich sah hinter Fräulein Pfeuffer her, um mich zu vergewissern, daß sie tatsächlich das Rathaus verlassen hat.«

»Na ... na ...«, meint mit etwas aufgehellterer Miene Polizeirat Heller, »ob Sie beim Hinterhergucken sich wirklich nur vergewissern wollten? Lassen wir das einmal dahingestellt! Sonja Pfeuffer soll ja ein sehr attraktives Mädchen sein, und zwar beiderseitig.«

Der arme Polizist wurde rot wie ein ertappter Sünder. Kanthuber und alle Näherstehenden ließen ein meckerndes Lachen

hören, wobei sie sich mit einer Art höflicher Verbeugung dem Polizeirat zuwandten. Dieser fing die begonnene Heiterkeit gleichsam wieder ein und fuhr mit gerunzelter Stirne fort:
»Könnte denn dieses Mädchen den Köpfetausch nicht selbst vor dem Eintritt in die Polizeiwache vorgenommen haben?«
»Ausgeschlossen!« Fast zweistimmig kommt es aus Kanthubers Munde und — etwas bescheidener — über die Lippen des jungen Polizisten. »Erstens«, doziert der Kommissar, »ist sie nicht der Typ, dem man so etwas zutrauen könnte. Sie ist noch dazu befreundet mit Claudia, der Tochter meines Skatbruders Endres. Und das ist ein gut erzogenes, kreuzbraves Mädchen. Die zwei stecken immer zusammen. Nein, als Täterin scheidet diese Sonja völlig aus, vom Charakterlichen her. Auch das ganze heimische Milieu spricht dagegen. Zweitens wäre es auch technisch unmöglich. Eine einzige und dazu weibliche Person wäre niemals in der Lage, den schweren Kopf in die Besenkammer zu schleifen. Aber — immerhin — ich werde sie noch heute nachmittag vernehmen. Vielleicht hat sie wenigstens jemanden gesehen und gibt uns dadurch einen beachtlichen Wink.« »Oder«, bemerkte Heller hartnäckig, »sie hat selbst das Fenster geöffnet, noch bevor sie an der Wachstube angeklopft hat, um andere Helfer einzulassen.«
»Eine groteske Vorstellung. Verzeihung, Herr Polizeirat, aber wir alten Oesterlinger kennen das Doktorsehepaar von alters her und sahen Sonja aufwachsen. Dieser Kreis steht außerhalb jeder Verdachtsmöglichkeit. Aber selbstverständlich, sicher ist sicher. Ich werde mich heute noch eingehend mit der Pfeufferstochter unterhalten.«
»Was bestimmt der angenehmste Teil ihrer bisher so erfolglosen Jagd sein dürfte, der unverkennbaren Begeisterung nach zu schließen.« Heller sagt es mit sarkastischer Mundbewegung.

Tief gekränkt wendet sich Kanthuber ab. Seine Kiefer mahlen. Eine neue Meldung stimmt ihn nicht fröhlicher. Auf dem inzwischen ausgebauten Glanzfoto finden sich so viele verschiedene Fingerabdrücke, daß man meinen könnte, halb Oesterlingen habe sich darauf ein Stelldichein gegeben. Dies entsprach übrigens auch den Tatsachen, denn die stolze Claudia hatte damals das Bild nach der Autorenlesung den Eltern, den Großeltern, Tanten, Onkels und allen sie besuchenden Mitschülern und Schülerinnen zur Betrachtung überreicht und jedesmal selber mit dem Finger noch darauf herumgedeutet. Mit diesem Abdrucksalat würde man kaum etwas anfangen können ...

Zur gleichen Zeit, da man zu Füßen der Pyramide Sonja be- und entlastete, genoß diese, im Gewissen völlig unbelastet, ihren freien Sonntag. Sie hatte keine Lust gehabt, mit den Eltern zu einem Abendschoppen in eines der umliegenden Weindörfer zu fahren. Bei der glühenden Hitze war es immer noch am schönsten, in alten Blue Jeans und nur mit einem Bikinioberteil bekleidet auf der Couch herumzuliegen, den Kassettenrekorder heiße Popmusik spielen zu lassen und in einem Buch über die ›Psychologie des Pferdes‹ zu lesen.

Da schellt es draußen. ›Das kann höchstens Claudia sein‹, denkt Sonja und eilt zu öffnen, ohne sich einen Bademantel überzuwerfen. Sie erschrickt nicht schlecht, als sie unvermittelt Kanthuber vor sich sieht. Der allerdings erschrickt ebenso über den Aufzug des Mädchens. Er läuft noch röter an, als es die Hitze bedingte, und stammelte etwas von ›einigen Fragen‹, die er zu ›stellen gezwungen‹ sei, was aber Fräulein Pfeuffer bitte als reine ›Formsache‹ ansehen möchte.

Sonja bekommt nun doch etwas Herzklopfen, wenn auch aus anderen Gründen als der Hüter des Gesetzes. Die Polizei? Sollte man ihnen bereits auf der Spur sein?

Aber sie faßt sich schnell, öffnet dem Kommissar die Tür zu ihrem Zimmer — ›Sonjas Höhle‹!!! — stellt die Musik ab, schlüpft im Baderaum rasch in ein Sommerkleidchen und sitzt dann mit gut gespielter Gelassenheit, ganz ›große Dame‹, dem Kriminalbeamten gegenüber. Sie hat ihn in die grüne Sitzmuschel genötigt, wo er tief einsinkt und sich sichtlich unbehaglich fühlt.

Die ›Vernehmung‹ geht dann glatt über die Bühne.

Sonja bestätigt die Aussagen des jungen Polizisten über ihren Besuch im Polizeirevier. Auf die Frage, ob sie im Vorplatz des Rathauses jemanden gesehen habe, kann sie mit einem ›ehrlichen‹ Nein antworten, denn es waren ja nirgends Spiegel an den Wänden. Ein spitzbübisches Lächeln vermag sie dabei jedoch nicht zu unterdrücken. Nach ›verdächtigen‹ Personen außerhalb des Rathauses befragt, verneint sie auch diese Frage, denn Bertl, Hel, Conny und Claudia waren nicht ›verdächtig‹, sondern in der Tat die Täter. Weil sie die ganze Unternehmung für eine gute Sache hält, glaubt sie sich diese spitzfindigen Antworten gestatten zu können. Als zuletzt Kanthuber unter vielen Entschuldigungen die peinliche Frage stellt, ob sie nicht etwa selber das hintere Fenster vor ihrem Eintritt in die Wache geöffnet habe, kann Sonja ihr befreites »Aber nein, wie sollte ich nur!!!« mit einem heiteren Lachen untermalen. Sie hat ja das Fenster nachher geöffnet — und danach hat sie niemand gefragt.

Tief befriedigt verläßt Kanthuber ›Sonjas Höhle‹.

Er meldet Heller das Ergebnis seines Gespräches mit Sonja. Ungefragt fügt er noch hinzu: »Ein reizendes, prächtiges Mädchen, ehrlich durch und durch. Schon der Gedanke, daß sie an einem solchen Streich gegen die Stadt beteiligt sein könnte, stellt eine Beleidigung ihrer reifen Persönlichkeit dar.«

Heller schaute ihn groß an.

»Wenn nur eine Spur von Verdacht vorhanden wäre, woran ich selbst allerdings nun nicht mehr glaube, müßte ich die weitere Untersuchung einer weiblichen Beamtin übergeben. Als unbefangen vermag man Sie nicht mehr anzusehen.«
Kanthuber beißt sich auf die Lippen. Wie hatte er sich nur so gehen lassen können!
Um 18 Uhr trifft sich Sonja mit allen ›Gerechten‹ in der Eisdiele ›Nordpol‹. Ihr ›Vernehmungsbericht‹ erweckt allgemeine Heiterkeit.
»Aber nun keine Pause eintreten lassen«, mahnt Bertl.
»Schlag auf Schlag«, fügt Conny hinzu.
»Ich habe einen neuen Fall auf Lager«, flüstert Claudia.
»Laß hören Baby!« klingt es von allen Seiten.
Morgen 17 Uhr in ›Sonjas Höhle‹!
»Fünf Finger — und eine Hand!«

GLORIAS HÖLLENSTURZ

Entsprechend der Parsival-Sage sollte über einem Gymnasium dieses Namens eine träumende Stille lagern. Nun war sie zuweilen in den Langweilstunden des Professors für Französisch, Erich Hossenfelder, zu finden.
Sonst war die Schule erfüllt von brausendem Leben.
›Reine Toren‹ waren dagegen in den verschiedensten Klassen häufig vertreten.
Die ständigen ›witzigen‹ Anspielungen der Lehrer auf diese parsevalistische Wesensart und ihr Abbild in einzelnen Schülergestalten wuchsen den Jungen und Mädchen schon lange zum Hals heraus. Lediglich in den untersten Klassen erzielten die Lehrenden mit solchen Bemerkungen noch müde Heiterkeitserfolge.
Vor Beginn der Deutschstunde Dr. Heckendörfers in der 10. Klasse wogten jedenfalls an diesem Montagmorgen die Lärmwellen wild hin und her, und jedwede träumende Stille oder reine Torheit schien in den äußersten Winkel der Welt verbannt.
Ein großer Teil der Zehnten hatte die gestrige Kopfkatastrophe miterlebt und konnte sich nicht genugtun, den anderen die einzelnen Phasen der denkwürdigen Enthüllung plastisch vor Augen zu führen. Die Schüler standen nahezu geschlossen auf Seiten der ›Täter‹. Sie ahnten nicht, daß diese sich quietschvergnügt in ihrer Mitte tummelten. Einige lasen laut die Überschriften vor, welche im lokalen Teil der Presse dick und fett

die umfangreichen und sensationell aufgemachten Berichte krönten.
›Unsere Fünf wieder am Werk‹, hieß es da mit unverkennbarem Wohlwollen. Und in kleinerem Druck: ›Turbulenter Abbruch der Eschenbach-Feier‹. ›Geist siegt über Kapital‹, unter diesem Motto brachte das einzige, etwas links gerichtete Blättchen der Stadt den Vorfall und schloß eine lange, positive Würdigung des Schriftstellers Klaus Meyer an. Das Bild des Poeten war übrigens in allen Gazetten in Großaufnahme zu finden, ebenso wie sein Lebenslauf und eine Aufzählung seiner Werke. Am meisten aber belustigte die durcheinanderschreiende Schülerschar die witzig abgefaßte Glosse der Oesterlinger ›Neuen Zeitung‹, die das Geschehene ein ›Kopf-an-Kopf-Rennen im Rathaussaal‹ nannte. Es ist verständlich, daß die Fünf Finger lebhaft an allen Diskussionen teilnahmen. Bertl schlug sogar die betreffenden Zeitungsausschnitte an dem Grünen Brett an, das an der Hinterwand des Zimmers angebracht war, und von Lehrern und Schülern in gleicher Weise zum Anheften wichtiger Nachrichten oder unterrichtlichen Anschauungsmaterials verwendet werden durfte.
Die Fünf Finger freuten sich übrigens königlich, daß sämtliche Blätter eingehend über Klaus-Meyer-Oesterlingen schrieben, womit eigentlich das Ziel ihrer Unternehmungen erreicht war.
»In der Auslage von Gingers Buchhandlung liegen bereits ganz vorne alle Werke von Klaus Meyer und auch ein Großfoto des Dichters prangte in der Mitte«, Hel berichtete dies mit breitem Lachen und fügte hinzu, daß — dem Gerücht nach — Abgesandte bekannter Illustrierten das Rathaus unsicher machten, die Polizei aushorchten und an allen Ecken und Enden Fotos schossen.
Claudia strahlte. »Wegen mir können sie nun Eschenbachköpfe

aufstellen soviel sie wollen. Wir haben ja nichts anderes gewollt als Klaus aus der Versenkung hervorzuholen. Und das scheint glänzend gelungen.«

Die einzige in der Zehnten, die das gestrige Geschehen scharf mißbilligte und das auch in einer Lärmlücke deutlich zum Ausdruck brachte, war wieder einmal Gloria. Mit dem überheblichsten Gesicht, das ihr zu Gebote stand, und in ihrem sattsam bekannten, geziert vornehmen und mit Fremdwörtern gespickten Sprachstil erklärte sie:

»Ich finde diese Sache einfach schocking! Infantil und pueril ist das! Dummdreiste Lausbuben-Mentalität à la Ludwig-Thoma-Klischee. Dem Renommee der Oesterlinger Jugend absolut unzuträglich. Man geniert sich ja, beinahe Jugendlicher in diesem obskuren Nest zu sein und damit von jedem Polizisten als potentieller Täter angesehen zu werden. Ich kann nur sagen, dieser Streich ist parterre, maliziös, witzlos . . . einfach doof.«

Claudia wurde rot vor Wut. Auch die anderen Bundesglieder waren empört. Sie hielten sich aber zurück, um sich nicht zu verraten. Dagegen fiel die ganze übrige Klasse über Gloria her. Der entstehende Tumult wurde durch das Erscheinen des Deutschlehrers im Keime erstickt.

Nur noch die schmeichelhafte Bezeichnung ›alberne Gans‹ schwebte gleich einem herbstlichen Altweiberfaden durch den Raum und wurde von dem humorvollen Dr. Heckendörfer mit der Bemerkung abgefangen, daß er, weil männlichen Geschlechtes, wohl damit kaum gemeint gewesen sein könne . . .

Obwohl alle Fünf den lebhaften und mit viel Diskussion gewürzten Unterricht des beliebten Lehrers sehr gern hatten und sich meist eifrig daran beteiligten, verhielten sie sich in dieser Stunde zurückhaltend.

Man geht wohl nicht irre, wenn man annimmt, daß sie alle über

dem gleichen Ei brüteten, wie man nämlich der arroganten Gloria endlich einmal den Mund stopfen und sie von ihrem hohen Roß zum Absteigen nötigen könne.
Claudia war sogar bereit, ihren Plan, den sie nachmittags in ›Sonjas Höhle‹ unterbreiten wollte, zugunsten einer ordentlichen Abreibung für Gloria zurückzustellen.
Um 17 Uhr auf Sonjas Liegewiese ließen die Fünf ihre Küken munter springen, die sie während der Deutschstunde dem Ei hatten entschlüpfen lassen. Daß Gloria gründlich getunkt werden müsse, darüber waren sich alle einig. »Das ist schon keine Gans mehr«, eröffnete Bertl die Diskussion, »das ist eher eine unnatürliche Kreuzung aus Pfau und Giraffe. Plustert sich auf, weil sie aus Berlin stammt, ihr Vater eine Möbelfabrik hat und erhebt ihren Strohschober, wie ich ihr stolzes Haupt einmal nennen möchte, hoch über uns alle.«
»Die Fassade dieses von dir so trefflich als Strohschober bezeichneten Körperteiles«, meinte Hel lachend, »ist allerdings sehr gut geraten und der Unterbau nicht weniger. Sie bildet sich furchtbar viel ein auf ihr griechisch geschnittenes Profil, hat sich selbst schon einmal als eine antike Schönheit hingestellt und steigt daher auf hohem Kothurn, kurzgeschürzt gleich der Jagdgöttin Diana, storchenähnlich durch Oesterlingen, in jedem Mundwinkel tiefe Verachtung gegen Stadt, Schule und Mitschüler. Brrrr! Nicht mein Fall!«
»Und wie sie den Kopf zurückwirft, das hat sie der Mireille Matthieu abgesehen. Mit der blondgefärbten Löwenmähne imitiert sie Peggy March. Ihre wiegenden Hüften auf den langen Beinen sollen wohl an Raquael Welsh erinnern. Von Kopf bis zu den Füßen ist alles Schwindel.«
Claudia zischt es ziemlich giftig dazwischen. Conny kann sich nicht enthalten, sie des gelben Neides zu bezichtigen. Das hätte

er nicht tun sollen. Das Bundesbaby fährt auf ihn los. Sie gleicht einer Rakete mit vielen Sprengköpfen.
»Mach mal Pause!« beschwichtigt Bertl die Wütende. »Unsere Claudia hat's wahrhaftig nicht nötig, eifersüchtig zu sein. Die hat in jeder Pore mehr Verstand und Schönheit als Gloria in der großen Zehe.«
»Ach, dummes Zeug!« fährt ihn Claudia an, aber ihre Ohren glühen.
»Zur Sache, zur Sache«, mahnt jetzt Sonja. »Ich glaube, wir sind schon aus Erziehungsgründen verpflichtet, diese Gloria durch die Wäschemangel zu drehen. Sie muß nivelliert werden, damit sie in unsere Klasse paßt und endlich aufhört, unser Gymnasium eine mittelalterliche Winkel- und Klippschule zu nennen. Auch ihre ständige Schleichwerbung bei allen männlichen Lehrkräften durch blitzende Augenaufschläge bedarf einer nachhaltigen Dämpfung.«
»Wir müssen etwas finden, was sie an ihrer empfindlichsten Stelle trifft. Sonst hält es nicht nach. Gloria ist zäh wie ein Nilpferd.« Bertl leitet damit zur ernstlichen Beratung über.
Nach langem hin und her entspringt diesmal dem ziemlich trägen Hirn des schwergewichtigen Konrads die Idee, die von allen jubelnd aufgenommen wird.
»Für unsere Schönheitskönigin von eigenen Gnaden sind wir Oesterlinger Jungen nur armselige Figuren. Wir haben nicht das Recht, an die Stufen ihres erhabenen Thrones zu treten. Sie braucht reifere Früchte, ruhmbekränzte Namen, die ihres eigenen Namens — Gloria — ebenbürtig sind. Erst neulich hat sie wieder angegeben wie eine Tüte Bienen. Hat sie doch behauptet, der jugendliche Liebhaber unseres alle 14 Tage hier einfallenden Gastspieltheaters, Erik Friedrichsen, habe ein Auge auf sie geworfen. ›Er schaut immer nur mich an, hat sie gesäuselt. Ich

bilde mir bestimmt nichts ein ... ja ... es ist mir fast unangenehm ... aber es ist so. Sooft es seine Rolle erlaubt, tritt er vorne an die Bühnenrampe und saugt sich mit glühenden Blicken fest. Ich kann gar nichts dafür, aber es ist effektiv so!‹« Conny äfft Glorias gezierte Sprache derart treffend nach, daß sich alle Fünf Finger vor Lachen krümmen.

»Klasse!« schreit Claudia. »Mit diesem Friedrichsen müssen wir sie treffen. Das ist unsere Wunderwaffe im Kampf gegen Preußens Gloria!«

»Genau«, fährt Conny fort, »Preußens Gloria! Dieser Titel eines alten Militärmarsches ist gut. Ja — wir müssen ihr mit dem holden Erik den Marsch blasen. Genau das wollte ich vorschlagen!«

»Ich saß neulich mit meinen Eltern, familienverpflichtet, in der Seitenloge und habe Gloria beobachtet. Nicht Friedrichsen schaute auf Gloria, sondern unser vornehmes Zielobjekt kauerte geradezu sprungbereit in der vordersten Reihe, schmachtete hinauf, klatschte wie eine Irre und — wenn mich nicht alles täuscht — ist sie es auch, die nach Schluß der Vorstellung jedesmal durch den Theaterdiener ihrem Idol rote Rosen überreichen läßt. Für Friedrichsen, der — nebenbei gesagt — gut verheiratet sein soll, sind wir doch alle nur dumme Provinzgänse und Gloria ist die Obergans.«

Bertl hat sich inzwischen schon einen Plan zurechtgelegt, den vor allem Claudia enthusiastisch begrüßt.

Man würde Gloria kurz vor dem samstäglichen Gastspiel einen Brief zukommen lassen, der von Sonja so abgefaßt werden müßte, daß für die ›überdrehte Schraube‹ nicht der geringste Zweifel an der Urheberschaft Erik Friedrichsens bestünde. In diesem Schreiben sollte sie am frühen Nachmittag des Sonnabends zu einem Rendezvous mit dem Schauspieler an eine einsame Stelle bestellt werden. Sei sie klug genug, der Aufforderung keine Folge zu leisten, dann bliebe ihr viel Kummer erspart. Das sei die Chance, die man ihr geben wolle. Trete sie aber ›hoffend und harrend‹ in Erscheinung — sicher aufgetakelt wie eine Fregatte vor dem Stapellauf —, so werde er sie aus dem Gebüsch heraus unter stummgrinsender Assistenz der Fünf Finger nach allen Regeln der Kunst filmen. Es werde sich dann schon eine Gelegenheit finden, ihr den Film vorzuführen, ohne daß sie die Hersteller identifizieren könne. Diese Schocktherapie sei bestimmt sehr heilsam für ›Preußens Gloria‹. Ihre Eitelkeit werde in den Grundfesten erschüttert, ihre Schwärmerei für Friedrichsen dürfte ins Gegenteil umschlagen und ein freiwilliger Thronverzicht der Eigenkönigin stünde durchaus zu erwarten.«

In das allgemeine Beifallsgemurmel, das bei Claudia in lautes Freudengeheul ausartete, stimmte Hel nur sehr zögernd ein. Er findet die Sache doch etwas gemein und läßt das Wort ›Unkameradschaftlichkeit‹ fallen.

Da kommt er aber bei Claudia schlecht an.

»Wir machen's ja, weil Gloria so unkameradschaftlich ist! Hat die Tunkung den erwünschten Erfolg, dann wird sie auch der ganzen Klasse gegenüber endlich kameradschaftlich begegnen. Und dann sind wir Fünf Finger die ersten, die sich jederzeit für sie einsetzen.«

Nun stimmt auch Hel dem Plane zu. Sonja verspricht ein stilistisches Meisterstück zu liefern. Bertl will den geeigneten Treffpunkt erkunden und den anderen fällt die Aufgabe zu, in den nächsten Tagen durch geschickte Unterhaltungen die Schwärmerei Glorias entsprechend anzuheizen.

Der Zeitzünder fängt an zu ticken.

Zunächst allerdings tickte er in Glorias Herzen. Sie las die

Plakate, welche das Schauspiel für das kommende Wochenende ankündigten. Erik in der Hauptrolle. Sie erstand im Vorverkauf die übliche Karte ›erste Reihe Mitte‹. Da ihr ganzes Denken samstagorientiert und ihr Träumen erikträchtig war, engte sich der geistige Spielraum im schulischen Gelände mehr und mehr ein. Ihre Diskussionsbeiträge beschränken sich auf platte Einwürfe. »Genau!« »Das kann man wohl sagen!« »Davon kann ja nicht die Rede sein.« »Es kommt auf uns zu ...« Solche und ähnliche nichtssagende Sätze streute sie ziemlich wahllos in das Unterrichtsgespräch, da völliges Schweigen ihrer Eitelkeit widersprochen hätte. Zuweilen bediente sie sich auch der größten Platitüde unserer Tage und begann ihre Einwürfe mit der Floskel: »Also ... ich würde sagen ...«, worauf sie den Rest des Satzes in sinnende Stille versinken ließ und der Umwelt den zu erwartenden Geistesblitz vorenthielt.
Die Fünf Finger blinzelten sich zu. Hels Gewissen kam vollends zur Ruhe. In der Großen Pause und in den Fugen zwischen den einzelnen Stunden machten sich die Bundesglieder unauffällig abwechselnd an Gloria heran und warfen ihre Angeln aus. Am Köderhaken hing jeweils die Samstagsvorstellung oder auch gleich Erik Friedrichsen selbst. Blind, gierig, wie Fische kurz vor dem Gewitter, schnappte Gloria zu und ließ sich zu wilden Lobeshymnen auf Erik Friedrichsen hochreißen. Claudia, als beste Fischerin, drillte die Festgehakte derart mit der Angelschnur, daß sie der Schulkameradin die feste Absicht ins Ohr flüsterte, auf Biegen und Brechen ein persönliches Treffen mit dem Schauspieler herbeizuführen. Es war dann ein leichtes für das schlaue Bundesbaby, so ganz nebenbei einzuflechten, daß sie sich den ersten Schritt dazu auch von seiten Eriks denken könne. »Warum sollte er nicht? Wo er dich doch die ganze Zeit von der Bühne aus so bedeutungsvoll anhimmelt?«

Damit enteilte Claudia. Man war im ›Bunde der Gerechten‹ nun allgemein der Ansicht, daß der Fisch nicht nur gefangen, sondern geradezu auf der Pfanne gebraten sei.
Am Mittwoch warf Sonja den Brief ein.
Donnerstag früh fanden sich die Blicke der Fünf in dem einen Schnittpunkt: Gloria!
Anzeichen einer völligen geistigen Zerrüttung waren zu erkennen. Einer freudigen Zerrüttung. Ihre Antworten hatten nur ein ratloses Kopfschütteln der Lehrkräfte zur Folge, an dem auch ein jäher Schmetterblick Glorias nichts mehr zu ändern vermochte. Wiederholt lachte die ganze Klasse.
In der Pause zog Gloria plötzlich Claudia in eine Schulhofecke, umarmte sie und keuchte: »Er hat geschrieben, Claudia, denk dir nur! Er hat geschrieben! Er hat effektiv geschrieben!!! Samstag nachmittag steigt unsere Premiere . . .«
»Na, das ist ja wunderbar«, hauchte Claudia scheinheilig zurück, »da gratuliere ich schon im voraus!«
Der Brief aber, der von Sonja verfaßt worden war, hatte folgenden Wortlaut:
Gloria!
›Verehrtes Fräulein‹ zu schreiben, dazu stehen wir uns zu nahe. Allein schon räumlich zu nah. Denn der Abstand von der Bühnenrampe bis zu Ihrem Stammplatz beträgt sicher nur acht Meter. Aber auch innerlich durch die Augen ist längst schon eine Brücke zwischen uns geschlagen, die solch' eine feierliche Anrede ausschließt.
Diesen Brief mit ›Liebes Fräulein Gloria‹ oder gar »beauté aimée‹ zu beginnen, verbietet mir der Anstand. Obwohl ich so empfinde.
Würden Sie mir durch ein Treffen am Samstag nachmittag um 15 Uhr am sog. ›Bärenbrünnlein‹ die Möglichkeit schaffen, von

nun an wirklich die persönliche Art der Anrede zu gebrauchen? Sie würden zum Glücklichsten unter den Menschenkindern machen Erik Friedrichsen

PS: Ihren Namen und die Anschrift erhielt ich durch die Garderobenfrau.

Als Sonja diesen Brief zunächst den vier Bundesgliedern unter tollem Beifall vorgelesen hatte, waren eigentlich alle überzeugt, daß kein vernünftiger junger Mensch, daß kein 16jähriges Mädchen, auf solch romantischen Schwulst hereinfallen werde.

Hel atmete sichtlich auf. Ihm war ja die ganze Sache immer noch nicht so recht behaglich.

»Zugegeben, Gloria ist nicht die Klügste. Aber so dumm ist sie auch wieder nicht, daß sie bei beauté aimée, geliebte Schönheit, nicht stutzig würde.«

Man beriet, ob man diesen gefährlichen Passus nicht weglassen sollte. Aber der gutmütige, muskelschwere Conny fällte ein salomonisches Urteil, dem sich alle unterwarfen:

»Nimmt sie an dieser plumpen Huldigung ihrer Schönheit Anstoß und verschont das Bärenbrünnlein mit ihrer Anwesenheit, so lassen wir sie in Ruhe. Ist sie aber wirklich so eingebildet, daß ihr die Anrede ›geliebte Schönheit‹ genau den Tatsachen zu entsprechen scheint, und unterstellt sie Friedrichsen tatsächlich einen derart geschmacklosen Stil, dann hat sie den Höllensturz doppelt und dreifach verdient.«

Doch was keiner der Fünf ernstlich zu glauben gewagt hatte, geschah. Glorias Strohschober geriet gerade durch das Wort ›beauté aimée‹ in lodernden Brand. Sie hielt diese Ausdrucksweise für typischen Schauspieler-Jargon. Überzeugt von ihrer Schönheit und der Verliebtheit Friedrichsens sicher, fand sie gerade darin ein Zeichen der Echtheit seines Briefes. Die letzten Bedenken, die sich im Unterbewußtsein regten, wurden durch

den Nachsatz mit der Garderobenfrau ausgeräumt. Natürlich — man kannte sie, die regelmäßige Theaterbesucherin. Nein, es bestand kein Zweifel. Was sie ersehnt, was sogar Claudia erwartet hatte — es war geschehen. Erik wünschte sie zu treffen. Auch die fahrige Schrift, deren sich Sonja bedient hatte, ließ nach ihrer Ansicht den Vollblutkünstler erkennen.
So wurde sie auf haushohen Wellen kühnster Erwartung dem Samstag entgegengetragen.
Das ›Bärenbrünnlein‹ bildete die Mitte eines Rondells am Rande des Parkes. Aus dem Maul eines kleinen Steinbären plätscherte ein dünner Wasserstrahl in ein Becken. Bei den Gymnasiasten trug dieser beliebte Treffpunkt aller Pärchen den Namen ›Kotzbrunnen‹. Eine poröse, moosige, halbkreisförmige Steinbank schloß die Brunnengruppe gegen dichtes Buschwerk und hohen Parkwald ab. Ein geradezu ideales Versteck für die Fünfergruppe.
Diesmal war Bertl, als Besitzer einer Schmalfilmkamera, die Hauptperson. Die anderen räkelten sich da und dort im Gebüsch und schufen sich durch Abbrechen kleiner Zweige ein freies Sichtfeld. Man hatte sich gegenseitig zu absoluter Stille verpflichtet.
»Wer lachen will, muß in den Bauch hineinlachen«, so hieß Sonjas Gebot. Eine Viertelstunde vor Glorias Rendezvous-Zeit lag die Bande in voller Bereitschaft. Die Junisonne brannte unbarmherzig auf den Brunnenplatz. Kein Mensch verirrte sich um diese Tageszeit an diese Stelle. Wer den Platz betrat, war in hellstes Sonnenlicht getaucht. Günstiger hätte die Beleuchtung für Bertls Amateuraufnahmen gar nicht sein können.
Vier Minuten vor 15 Uhr vernahm man Schritte. Die Finger hielten den Atem an. Claudia zwickte Conny vor Wonne in den Arm.

Gloria bog um die Ecke.
Bei ihrem Anblick gelang den Fünfen das Bauchkichern nicht so ganz. Aber das unterdrückte Prusten wurde ebenso vom Plätschern des Brunnens übertönt wie ein versteckter Quietschlaut Claudias und das leise Surren der Kamera.
Gloria glich keineswegs einer Fregatte beim Stapellauf. Auch nicht einem Kriegsschiff, das in Erwartung eines königlichen Besuches über die Toppen geflaggt hat. Nein, nicht viele Fähnchen flatterten bei ihrem Einbiegen in das Rondell, sondern ein einziges, winziges Fähnchen sollte dem ›jugendlichen Liebhaber‹ entgegenwinken, und die glühende Hitze mochte als Entschuldigung dafür dienen.
Vorne trug sie ein Weniges aus weißgepunkteter blauer Seide. Das Röckchen aus gleichem Stoff konnte miniglicher nicht sein. Der Rücken lag frei. Aber die höchste Heiterkeitsbeherrschung erforderte bei den heimlichen Beobachtern doch Schuhwerk und Mütze. Auf unmöglich hohen Keilabsätzen storchte sie um das Kotzbrünnlein. Zwar gab das ihren wohlgeformten, braungebrannten Beinen einen schönen Schwung, aber die Schmerzen, mit denen sie sich der schmeichelhaften Briefbezeichnung ›beauté‹ würdig erweisen sollte, mußten erheblich sein. Man sah es an ihrem verzerrten, eingefrorenen Lächeln, das sie wohl erst bei Eriks Auftauchen tauen lassen wollte. Auch kippte sie einige Male mit den Knöcheln um, worüber sich der filmende Bertl nicht wenig freute. Es brachte Abwechslung in die Szene. Die sicherlich neugekaufte und für Oesterlinger Verhältnisse ungewöhnliche gelblich-weiße Leinenmütze mit riesig rundem Teller und hohem gesteiftem Rand saß völlig über dem linken Ohr, so daß nur das lange goldene Ohrgehänge auf der rechten Seite im Sonnenglast glitzerte. Fesch sah sie aus. Das mußte sich sogar Claudia im stillen eingestehen. Eine lange weiße, echte Perlen-

kette, einmal um den Hals geschlungen und tief über der Brust baumelnd, schien sie dem Schmuckkästchen ihrer Mutter vorübergehend entliehen zu haben.
Bertl ging mit dem Film sparsam um. Nur besonders eindrucksvolle Szenen pickte er heraus. Großaufnahmen, wenn sie — ahnungslos — direkt vor der Mündung seines Bildsaugers prominierte. Gloria von der Vollmondkappenseite. Gloria mit Ohrenschmuck und wallendem schulterlangen Haar. Gloria — die Schläfe am Brünnlein kühlend. Ausschau haltend. Umkippend. Stelzend.
Die Geduld der Fünfe wurde auf eine lange Probe gestellt.
Erst um 15.30 Uhr war es Bertl vergönnt, die Schlußszene zu drehen: Das wütende Aufstampfen Glorias. Ihr tiefbeleidigter Abgang mit zurückgeworfenem Kopf und steifem Rücken.
Die Attentäter warteten noch fünf Minuten. Dann krochen sie aus den Büschen und unterhielten sich munter über das Geschaute.
Altem Bundesbrauch gemäß setzten sie sich dann einzeln oder zu zweien nach der Stadt hin ab.
Bertl benötigte fast 14 Tage, bis der Film entwickelt, von ihm zurechtgeschnitten und mit Untertiteln versehen war.
An dem Montag, der auf Glorias geplatztes Rendezvous folgte, konnte man ihr die Verärgerung deutlich anmerken. Wie tief sie allerdings noch am Abend des Wartetages gedemütigt worden war, blieb den Bundesgliedern verborgen. Sonst hätte Hel, dem bei dem halbstündigen, sonnendurchtränkten Anblick Glorias nicht nur die Glut des Tages den Schweiß aus den Poren getrieben hatte, bestimmt Protest gegen eine Übermittlung des Filmes eingelegt. Auf ein empörtes Brieflein nämlich, das Gloria nach der Vorstellung durch den Theaterdirektor Erik Friedrichsen hatte überbringen lassen, war ihr lediglich ein heraus-

gerissener Notizbuchzettel gebracht worden, der folgenden rasch hingeworfenen Satz enthielt:
›Kenne Sie nicht. Habe weder geschrieben noch bestand oder besteht die Absicht, mich mit Ihnen zu treffen. Brief ist bestimmt eine böswillige Mystifikation. Bedaure! Erik Friedrichsen.‹
In der Samstagnacht zerriß Gloria alle gesammelten Fotos ihres Stars, verbrannte den Zettel in der Aschenschale und schwor sich, nie mehr eine Vorstellung zu besuchen, in der Friedrichsen auftrat. Sie zerbrach sich den Kopf, wer wohl den Brief geschrieben haben könnte. Aber all' ihre Vermutungen gingen in verkehrter Richtung.
Die Premiere des Filmes in Sonjas verdunkelter ›Höhle‹ fand an einem Sonntag nachmittag statt und brachte dem Kameramann verdienten Beifall. Infolge der günstigen Lichtverhältnisse und der talentierten Kameraführung Bertls konnte man den Streifen ein kleines Meisterwerk nennen. Stürmische Zustimmung erregten vor allem Titel und die verschiedenen Untertitel. ›Nur wer die Sehnsucht kennt, weiß was ich leide‹ — ›Eine lustige Tragödie von XX‹. Mit diesen Großbuchstaben wurde das Spiel eingeleitet. Im einzelnen hieß es dann: ›Gloria ist pünktlich‹ — ›Sonne enthüllt‹ — ›Gloria auf Hochplateau‹ — ›Autsch — das tut weh!‹ — ›Gekühlte Liebesglut‹ — ›Der Vollmond leuchtet‹ — ›Die Sonnenseite funkelt‹ — ›Edles Profil‹ — ›Zerreißprobe der Geduld‹ — ›Vesuv speit Feuer‹ — ›Blick' nicht zurück im Zorn!‹
Die jugendlichen Zuschauer wälzten sich vor Lachen auf der Liegewiese. Man schlug Bertl auf die Schultern und boxte ihn begeistert zwischen die Rippen. Claudia benutzte die unverfängliche Gelegenheit, bei dem Filmproduzenten einen schnellen Kuß zu landen.
»Das gibt ein Gebrüll, wenn wir den Film beim nächsten Klas-

senabend vorführen«, dröhnte Conny. »Die ganze Schule platzt vor Wonne und Gloria zerplatzt vor Wut.« »Wetten, daß sie geheilt ist für alle Zeiten, drei Tage krank spielt und dann — plattgewalzt wie ein Pfannkuchenteig — in die Schule zurückkehrt.« Bevor Claudia, Bertl und Sonja überhaupt Stellung beziehen konnten, wehrte sich Hel mit einem Zorn, der bei ihm sonst ganz ungewöhnlich war, gegen diese Absicht. Er konterte verhältnismäßig laut:

»Das wäre der Gipfel der Gemeinheit, wenn wir Gloria vor der ganzen Klasse in dieser Weise bloßstellen wollten! Ich meine, sie hat durch den Brief und die Enttäuschung schon ihren Treff bekommen. Das Äußerste, was wir noch tun dürfen, ist, daß wir ihr den Film zuschicken. Sie hat ja Vorführapparat und alle dazugehörigen Schikanen im stinkvornehmen väterlichen Bungalow. Alleingelassen mit ihrem Spiegelbild wird sie bestimmt die nötigen Folgerungen ziehen und ihrem Hochmutsteufel einen Tritt versetzen. Mehr wollen wir nicht und mehr sollten wir auch nicht riskieren.«

»Dich hat's ja ordentlich erwischt, Hel«, meinte Bertl unter dem Gelächter des Volkes, »das haben wir schon seit einiger Zeit gemerkt. Unser Gänschen hat sich in deinem Herzen zum Schwan entwickelt. Nun gut, dann dürfen wir aber das Ziel deiner knabenhaften Träume auch nicht völlig am Boden zerstören. Ich bin ebenfalls für eine anonyme Zusendung.«

Claudia hätte gerne ein wenig aufbegehrt, aber da Bertl so deutlich sanftere Saiten aufgezogen hatte, hielt sie es für besser, in derselben Tonart darauf zu zupfen.

»Mir ist's wurscht, macht was ihr wollt«, brummte der dicke Conny. Sonja schloß die Debatte. »Aus Kameradschaft zu Hel, bei dem es offenbar heftig knisterte — was allein seine Privatsache ist — und aus Vorschußkameradschaft zu Gloria, die sich

nach solcher Tieftunkung hoffentlich bessern wird, bin ich hundertprozentig für Bertls Vorschlag.«
Damit waren die Würfel zu Glorias Gunsten gefallen.
Am darauffolgenden Montag wurde das Päckchen abgesandt.
Der Film hatte einen Begleitzettel. Darauf stand: ›In aller Stille von Gloria ganz allein anzusehen, damit sie etwas bescheidener wird. Das wünschen die bekannten ›Fünf Oesterlinger‹.
Am Dienstag erschien Gloria in einem einfachen, weißen Leinenkleid, beteiligte sich im Rahmen ihrer Möglichkeiten am Unterrichtsgespräch und plauderte in der Pause — bewußt unbefangen — mit diesem und jener.
Sollten die Fünf Finger etwa doch der 10. Klasse angehören? Aber man konnte sie auch im Theater beobachtet haben. Jedenfalls ... besser ... sich nichts anmerken lassen.
Die Bundesglieder blinzelten sich wieder einmal zu und hoben die gespreizte Rechte.

EIN RÄUBER WIRD GERAUBT

Kanthuber hatte eine lange Besprechung mit seinem Skatbruder Endres, dem Vater Claudias. Endres sei doch Fachmann. Er solle sich die Holzpyramide, die der Kommissar in seinem Wagen mitgebracht hatte, einmal genau ansehen. Ob er vielleicht einen Fingerzeig geben könne, aus welcher Schreinerei das Material stamme?

Endres beklopfte sachkundig das Holz. Ja, er habe genau die gleichen Sperrholzplatten. Aber jede andere Oesterlinger Schreinerei auch. Also — auf diesem Wege käme man nicht weiter. »Vielleicht habe ich selbst die Pyramide gebaut, um dich zu ärgern«, sagte er, und die beiden Männer brachen in dröhnendes Lachen aus.

Claudia wollte gerade vorüberhuschen. Der Holzaufbau, flankiert von ihrem schlagkräftigen Vater und dem Kommissar, bereitete ihr doch ein wenig Herzklopfen.

»Claudia, schau dir doch mal den Kasten an.« Kanthuber hielt sie am Arm zurück und zog sie zu dem berühmten corpus delicti. »Du kennst sicher eine Menge junger Leute ... Hast du gar keinen Verdacht?«

»Nicht den geringsten, Herr Kanthuber«, hauchte Claudia. Ihr unschuldiger Augenaufschlag bestärkte Kommissar Kanthuber in seiner Meinung, daß es sich hier um ein von aller Bosheit der Welt völlig unberührtes Mädchen handle.

»Nun ja, du verkehrst natürlich nicht in solchen Kreisen. Aber horche ein wenig herum. Vielleicht bringt dich ein Zufall auf

die richtige Spur.« Damit entließ er Claudia, die sich in ihrem Zimmer erst einmal lachend von dem kurzen Schrecken erholte.
Oesterlingen verlor bald das Interesse an dem ganzen Vorfall. Die Kopffeier wurde wiederholt, wobei überall nur die zweite Garnitur die Reden hielt und auch der Bürgermeister sich vertreten ließ. Dr. Eschenbach stand nun in seiner Nische und sah mit bronzenem Blick müde auf die Besucher.
Aber Klaus Meyer behauptete weiterhin seinen neuerworbenen Platz in den Buchhandlungen. Zwei Illustrierten, die sich des ulkigen Kopftausches liebevoll angenommen hatten, sorgten unbeabsichtigt für ein Wiederaufleben seines Namens und einen Verkauf seiner Werke im übrigen Lande.
Heller und seine Ordnungshüter waren durch einen neuen Fall in Anspruch genommen. Er erregte die Öffentlichkeit außerordentlich und zwang Kanthuber in andere Jagdgründe.
Ein junger Mann, etwa 1,75 groß, mit kräftiger Statur, sorgte für Schlagzeilen im lokalen Teil der Presse. Er überfiel abends nach Eintritt der Dunkelheit im Park oder auf einsamen Straßen alte Damen und junge Mädchen, entriß ihnen die Handtaschen, plünderte sie aus und warf sie dann in irgendein Gebüsch. Niemand konnte ihn genauer beschreiben, weil er wie ein Geist aus den Sträuchern brach und wieder im Geäst untertauchte. Nachdem er eine 82jährige Rentnerin ihrer ganzen Barschaft von 150,— DM beraubt hatte, fing die Oesterlinger Volksseele an zu kochen. Kanthuber schmorte in diesem Feuer. Die Presse stürzte sich auf die Sensation. Sie schürte das Feuer. Man sei doch nicht im Wilden Westen, hieß es da. Man fühle sich in die Zeit der Wegelagerer und Raubritter zurückversetzt. ›Keine Sicherheit mehr auf Oesterlings Straßen!‹ — ›Oesterlingen — ein zweites Chikago‹ — so heulte es in Balkenschrift. ›Wie lange noch?‹ rauschte es im Blätterwald.

Heller nahm Pfunde ab. Kanthuber ließ den nächsten Skatabend schwimmen. Was bedeuteten die berühmten Fünf Finger gegenüber diesem einen abscheulichen Langfinger? Man mußte seiner habhaft werden. Aber bald!

Diesmal bedurfte es nur einer kurzen Beratung in Sonjas ›Höhle‹. Daß man Kanthuber zuvorkommen und diesem schäbigen Räuber das Handwerk legen müsse, darüber waren sich alle einig. Bertl verfolgte dabei noch besondere Ziele.

»Wenn wir den Kerl fangen, ihm gründlich zusetzen und dann sein feierliches Versprechen entgegennehmen, daß er nie mehr solche heimtückischen Überfälle verübt, dann brauchen wir ihn nicht der Polizei auszuliefern. Wir sind gleichsam fünf Bewährungshelfer, die ihn gut im Auge behalten können. In einer Jugendstrafanstalt lernt er von Mitgefangenen neue Tricks. Es ist viel besser, wir biegen ihn selbst zurecht. Mißlingt der Versuch, so ist es immer noch Zeit, die Polizei auf ihn aufmerksam zu machen.«

Das leuchtete ihnen ein. Die Planung war einfach. Wozu hatte man zwei tüchtige Mädchen bei der Gruppe? Lockvögel! Alte Klamotte aus Kriminalfilmen. In Abständen von fünf Minuten sollten Claudia und Sonja gegen 22 Uhr über einsame Parkwege schlendern, stets beschattet von den drei männlichen Fingern, die hinter Bäumen und Buschwerk verborgen die scheinbar sorglosen Taschenschlenkerinnen begleiten würden. Es werde ja nicht gleich das erste Mal klappen. Der Räuber war durch die Zeitungsaufrufe gewarnt. Aber Beharrlichkeit müsse auch hier zum Ziele führen.

Sonja genoß das volle Vertrauen ihrer Eltern. Sie waren überzeugt, daß sie von selbst in diesen Wochen keine abseitigen Wege im Dunkeln wandeln werde und fragten daher nicht viel nach dem Woher und Wohin. Claudia aber wurde von früh bis spät auf die Gefahren hingewiesen, die in der Dämmerung einem einsamen Mädchen drohen konnten. So war sie genötigt, das Elternhaus auf ihrem ›nicht mehr ungewöhnlichen Wege‹ zu verlassen. Dies gelang nicht jeden Abend. In solchen Fällen war dann Sonja der einzige Köder.

Zu viert oder fünft verbrachten sie vergnügliche Abende auf einer Parkbank, um sich dann im Dunklen für den Angriff zu formieren.

Aber nichts geschah.

Claudia und Sonja schwenkten vergebens ihre billigen Plastiktaschen, die sie sich zu Anlockungszwecken eigens beschafft hatten.

Auch die drei sprungbereiten Wachposten starrten erfolglos in die einbrechende Dunkelheit.

Dennoch brachte das abendliche Beisammensein Gewinn für alle Beteiligten. Es wurde lebhaft disputiert. Bertl, der Weltverbesserer; Hel, der Beständige; Sonja, die Vernünftige; Conny, dem Politisches ziemlich gleichgültig war, und Claudia, die sich überall von ihren Gefühlen leiten ließ — sie lagen sich oft in den Haaren. Aber so sehr auch die Meinungen der einzelnen Finger auseinandergingen, sie blieben dabei immer ›eine Hand‹. Da jedes Glied der Gemeinschaft die Meinung des anderen achtete, trotz heftigster Diskussionen, kam es zu keinem Bruch der Freundschaft. In einem Punkt aber herrschte unter den Fünfen volle Einigkeit: Man wollte sich nie einer gerade herrschenden Sitte beugen, sich niemals eine Mode aufzwingen lassen und auch weltanschaulich, politisch und religiös sich jederzeit eigenwillige, freie Entscheidungen vorbehalten. So rauchten sie kaum Zigaretten, weil fast alle in Gymnasien dieser Leidenschaft frönten, wälzten keinen Kaugummi im Mund herum, weil die halbe Klasse kaute, kleideten sich, wie es ihnen ein Blick in den Spiegel

als gefällig erscheinen ließ. Doch auch da hätte kein Finger einen anderen scheel angesehen, wenn er einmal aus dieser unausgesprochenen Vereinbarung ausgebrochen wäre.
Nur die direkten Unternehmungen des Bundes mußten einstimmig beschlossen oder unterlassen werden. Dies war ungeschriebenes Gesetz.
So wurden ihnen die langen Abende auf den Parkbänken in lauer Sommernacht oder unter tropfenden Bäumen nicht allzusehr langweilig.
Da schlug der Räuber wieder zu.
In einem Villenvorort, weit vom Park entfernt. Das Opfer war eine Frau in mittleren Jahren. Die Beute gering.
Die Druckwalzen hauten ihre empörten Überschriften auf das rollende Papier.
Die Fünf Finger berieten. Sollte man den Standort wechseln?
Sonja legte den Finger an ihre Nase und sagte: »Was würde Kanthuber, der große Kriminalist, in diesem Falle denken?«
Man kam überein, daß auch ein kleinerer Kriminalist das Jagdrevier nicht verlegen würde. Bestimmt wechselte ja der Räuber immer wieder die Stätten seiner Untaten. Nur einsam und dunkel mußte es dort sein. Es war anzunehmen, daß nun bald sein klassisches Anfangsrevier, der Park, wieder an die Reihe käme. Geduld mußte man haben und warten können.
An einem Julinachmittag war ein rauschendes Gewitter über Oesterlingen niedergegangen. Gegen Abend brach die Sonne durchs Gewölk. Im Park tropfte es noch von allen Bäumen. Einzelne abgerissene Äste lagen quer über den Wegen. Das Licht des scheidenden Tages spiegelte sich in breiten Wasserpfützen. Aus den Bäumen drang vielstimmiger Vogelsang.
Es war anzunehmen, daß man sich die aufgeweichten Parkwege nicht gerade für Abendspaziergänge aussuchen werde.

»Wenn ich der Räuber wäre«, meinte Conny, als sich die Fünf gegen 21 Uhr versammelt hatten, »dann würde ich heute auf der Lauer liegen. Ich ginge von folgenden Überlegungen aus: Kommt nach solchem Gewitter niemand, so ist's eben ein verlorener Abend. Kommt aber jemand, der den Weg abschneiden will, und ist er allein, dann gibt es kaum einen besseren Abend, denn weit und breit wird kein Mensch ihm zu Hilfe eilen. Also — genau mein Fall.«

»Wohlgesprochen, fleischgewordener Kleiderschrank«, lacht Bertl, »es soll auch genau dein Fall werden. Auf deine gewaltigen Pratzen müssen wir uns in erster Linie verlassen.«

»Auf Kinder, laßt uns Stellung beziehen!« ruft Sonja in fröhlichem Kommandoton.

Die Jungen in dunkler Tarnkleidung nahmen, wie seit acht Tagen, routinemäßig die vorgesehene Deckung rechts und links des einsamen Parkweges ein. Durchdringende Bodennässe und Tropfen ins Genick mußten dabei in Kauf genommen werden. Die Mädchen verließen nacheinander den Stadtpark, um noch ein wenig stärkere Dämmerung abzuwarten und dann, aus einer Seitengasse hervorkommend, ganz natürlich in den Park einzubiegen. Abstand, wie besprochen, fünf Minuten.

Als oben kaum mehr Licht durch die Zweige fiel, bot sich den Kauernden ein amüsantes Zwischenspiel. Nicht der erwartete Räuber schattete durch die Dämmerung, sondern der auf ihn angesetzte Fänger Kanthuber kam des Weges. Leise tappte er auf dem feuchten Boden dahin. Die Bommelmütze im Genick, einen ausgerauchten Zigarrenstummel zwischen den Zähnen, im dunklen Regenmantel mit hochgeschlagenem Kragen sah er argwöhnisch nach allen Seiten, blieb stehen, um zu lauschen, schlich sichernd weiter, bis sich seine eckigen Konturen in einer Wegbiegung verloren.

Die Jungen hielten den Atem an.
Schon wollte Conny seinem Unmut Ausdruck geben, weil ihnen der Kommissar das Wild vergrämt habe, da brachte ein scharfes »Psssst!« Bertls alle zum Schweigen.
Kanthuber kehrte zurück. Daß Ganoven vornehmlich im Kielwasser abdampfender Polizisten ihre Verbrechen begehen, war ihm also bekannt. Darum die unerwartete Rückkehr.
Aber nun war sein Zusammentreffen mit der ersten Pendlerin nicht mehr zu vermeiden.
Richtig! Nach etwa 30 Metern flammte eine Stablampe auf und die Finger — unbesorgt ihre Hälse reckend — erkannten im Lichtkegel die erschrockene Sonja.
»Ein Glück, daß es nicht Claudia ist«, flüsterte Hel. »Kanthuber ... Vater Endres ... brrr ... armes Bundesbaby! Hoffentlich hält sie gut Abstand«.
Die Sorge war unbegründet. Der Karpfen kehrte mit Sonja den gleichen Weg zurück. Als echter Kavalier ging er an ihrer linken Seite. Er redete heftig auf sie ein. Als er das Versteck der Jungen passierte, vernahmen sie seine Warnungen vor dem düsteren Gesellen und hörten den milden Tadel über die mangelnde Vorsicht des Mädchens.
Sonjas Antwort klang laut, lustig und hell. Die Finger sollten mithören.
»Herr Kanthuber, jetzt wird's mir selber Angst. Bitte begleiten sie mich doch bis in eine belebtere Straße. An ihrer Seite bin ich so sicher wie in Abrahams Schoß.«
»Aber selbstverständlich, mein Fräulein. Das war sowieso meine Absicht, um nicht zu sagen, es ist meine Pflicht! Sie wissen ja: Die Polizei — dein Freund und Helfer.«
Man hörte ihn noch lange lachen wie über einen guten Witz. Dann entschwand er zum zweiten Mal an der Kurve.

»Schlaues Biest«, kicherte Bertl, »jetzt hat Sonja mit ihrer List die Gefahr von Claudia gebannt. Nun lockt sie den Kommissar ins Stadtinnere. Ein drittes Mal kommt er sicher nicht zurück . . .«

Ein erstickter Schrei reißt die drei in die Höhe.

»Claudia!« schreit Hel — und alle rasen wie toll in die Richtung, aus der sie das Mädchen erwarteten. Es ist nun alles ein Werk von Sekunden. Ein dunkler Schatten stürzt durch die Büsche, versucht im Slalom zwischen den Bäumen hindurch zu entkommen. Claudia steht auf dem Weg, nun doch an allen Gliedern zitternd . . . und hält den Griff ihrer Hängetasche in der Hand. Niemand kann sich zunächst um sie kümmern. Jetzt gilt's, den Räuber zu fangen! In Riesensätzen jagt Bertl dem Burschen nach. Hinter ihm, fast schon auf gleicher Höhe, Hel, der sportlich gewandte. Dann endlich, keuchend, Conny, der Schwergewichtler. Er stolpert über die weggeworfene Tasche. Weiter, weiter. Sie enthält sowieso nur leere Konservenbüchsen und allerlei Müll.

Vorne scheint Bertl den Räuber gefaßt zu haben. Man hört Aufschreie, Gurgeln, stoßweises Atmen. Dann ist Hel am Kampfplatz. Er zieht dem Burschen die Füße weg. Mit dem Eintreffen Connys, der sich wild auf den am Boden Liegenden wirft, ist der Kampf entschieden.

Mit Riemen, die sie zu diesem Zwecke mitgebracht hatten, fesselten sie den Strauchdieb an Händen und Füßen. Er zappelte und wand sich wie ein Fisch im Trockenen. Endlich gab er jeden Widerstand auf.

Claudia kam hinzu. Wild fauchte sie den Räuber an: »Diesmal hast du dich gebrannt, du Wildsau! Auch wenn dich meine Kumpels nicht fertig gemacht hätten, reich wärst du an mir nicht geworden.«

Sie schüttelte den Inhalt der Tasche, die sie auf dem Waldboden aufgelesen hatte, neben ihm aus. Leere Colabüchsen klapperten. Im Scheine von Bertls Taschenlampe sah der Geprellte noch ein zerfetztes Taschentuch und einige Stofflumpen im Moos liegen.
»Still . . .«, zischte plötzlich Hel, »dort!«
Einen hellen Lichtstrahl sah man zwischen den Bäumen hindurch den Parkweg entlanggleiten. Bertl robbte ein wenig näher heran.
»Tüchtig . . . tüchtig . . .«, murmelte er vor sich hin. Es war kaum zu glauben, aber der gewissenhafte Kanthuber befand sich auf dem dritten Pirschgang gegen den Strauchdieb. Vorsichtig setzte er Fuß vor Fuß und leuchtete den feuchten Boden ab. Das tolle Durcheinander männlicher Fußspuren und die eine zarte weibliche dazwischen mochte hinter der breiten Stirn düsterste Ahnungen aufkommen lassen. Sollte etwa vor kurzem ein Überfall stattgefunden haben? Und er hatte währenddessen Sonja begleitet? Bertl konnte sich vorstellen, wie dem Kommissar der Schweiß aus allen Poren drang. Würde wohl heute nacht oder morgen früh die Anzeige eines Überfallenen wieder die Stadt in Erregung versetzen?
Bertl krock zurück. Er berichtete im Flüsterton. Aus dem Mund des Gefesselten vernahm man einen erschrockenen Atemstoß.
Langsam entfernte sich Kanthuber.
Bertl leuchtete dem Räuber ins Gesicht. Und nun sahen sie, daß dieser durchaus nicht mehr so jung war, wie sie es sich vorgestellt hatten.
Er zählte mindestens 25 Lenze.
Die Finger unterzogen den Burschen nun einem regelrechten Verhör. Der Hinweis auf den Kommissar, den man ja nur zurückzurufen brauche, machte ihn restlos gefügig. Sie erfuhren, daß er seit einiger Zeit von auswärts in die Stadt gekommen sei

und bei einem Transportunternehmen beschäftigt wäre. Sein Verdienst sei recht gut. Er habe sich dann ein superstarkes Motorrad zugelegt. Dadurch mit den Ratenzahlungen in die Klemme geraten, habe er in einer Zeitung von solchen Überfällen gelesen. Die Sorglosigkeit älterer Damen und junger Mädchen sei ihm aufgefallen. Von einer gewissen Abenteuerlust befallen, habe er eines Abends zugeschlagen. Es habe so wunderbar geklappt, und auch das Spiel mit der Polizei und die Schlagzeilen in der Presse seien derart reizvoll gewesen, daß er es bald wieder versucht habe. Mit Erfolg, wenn auch mit keiner großen Beute. Und so habe er eben weitergemacht. Er beschwor hoch und teuer, es nie mehr zu tun. Man solle ihn nur laufen lassen.

Seine Geständnisse wurden unterbrochen durch die Rückkehr Kanthubers, der nun eilig wieder der Stadt zustrebte.

Durch diese erneute und so nahe Gefahr mürbe gemacht, gelobte er noch einmal, nie, nie, nie mehr werde er sich zu solchen Überfällen hinreißen lassen.

Die Finger aber waren nicht so leicht zu erweichen. Sie verlangten Beweise seiner Besserung.

Nach kurzer Geheimkonferenz in einigen Metern Entfernung, versprachen sie ihm die Freiheit und ein Unterlassen der Anzeige, wenn er am kommenden Tag um 18 Uhr in Sonjas ›Höhle‹ aufkreuze und die 150,— DM der Rentnerin und einen Gesamtbetrag von weiteren 50,— DM für die übrigen entwendeten Summen abliefern würde. Sie beschrieben ihm genau den Weg zu Sonjas Wohnung. Man werde dann die geraubten 200,— DM anonym der Polizei zukommen lassen, die sie entsprechend aufteilen und den Geschädigten übermitteln könne.

Ob er sich denn nicht durch gutbezahlte Überstunden die fällige Rate fürs Motorrad beschaffen könne?

Als er — schon wieder obenauf — versicherte, dies sei zwar be-

schwerlicher und weniger aufregend, aber durchaus möglich, lösten sie seine Fesseln, behielten seinen Führerschein und die Armbanduhr als Pfand und ließen ihn laufen.
Aufatmend sagte er: »Vielen Dank auch . . .«, und verlor sich zwischen den Bäumen.
Am gleichen Abend riefen sie noch Sonja an und unterrichteten sie über den Ablauf der Jagd. Sie stand dem Versprechen des Strauchdiebes zwar ein wenig skeptischer gegenüber, war aber im letzten Grunde mit dem Verhalten der Bundesglieder einverstanden.
Claudia unterbreitete am kommenden Tage in der Großen Pause den Fingern einen phantastischen Vorschlag. Man solle am Abend den Ex-Räuber vor einem Totenschädel, zwischen zwei brennenden Kerzen, im verdunkelten Zimmer Sonjas feierlich schwören lassen, daß er wirklich nie mehr etwas Ähnliches unternehmen werde. Sonjas Vater habe ja so einen bleichen Schädel im Schrank.
»Echt Bundesbaby«, lachte Bertl, »immer romantisch. Weshalb nicht gleich Ku-Kux-Klan-Kapuzen für uns alle?«
Auch die anderen lehnten unter allgemeiner Heiterkeit diesen theatralischen Schlußakt kategorisch ab.
Claudia bekam rote Ohren.
Da legte ihr Bertl liebevoll den Arm über die Schultern und flüsterte ihr ins Ohr: »Claudia, du warst gestern sehr tapfer.«
Nun verzichtete sie gern auf den makabren Epilog.
In der Tat — es verlief auch so alles nach Wunsch. Was blieb dem Strauchdieb anderes übrig? Die Fünf hatten ihn in der Hand. Und vor allem brauchte er seinen Führerschein, denn durch die Lande rasen und um die Ecken heulen, das war sein größtes Glück. Und nur deshalb hatte er ja den ganzen Unfug angefangen.

Pünktlich erschien er in Sonjas ›Höhle‹. Höflich und in bester Kleidung trat er auf, als mache er einen Besuch. Er gab die 200,— DM ab, die er sich als Vorschuß von seiner Firma hatte auszahlen lassen. Noch einmal versprach er, sein Wort zu halten und die Fünf gelobten ›gußeisernes‹ Schweigen.

Geradezu gierig griff er nach Uhr und Führerschein. Nun konnte er wieder seine Abenteuerlust in tollkühnen Fahrten befriedigen.

Die Oesterlinger ›Neue Zeitung‹ brachte zwei Tage später folgende Notiz in fettem Druck:

›Ein reuiger Räuber

Oesterlingens Frauen können wieder ohne Angst auf die Straße. Ein völlig unerwartetes Ende haben die spukhaften nächtlichen Überfälle gefunden, die seit einiger Zeit unsere Frauen und Mädchen in Angst und Schrecken versetzt haben.

Bei der Polizei traf ein Schreiben ein, das zwei Hundertmarkscheine enthielt, womit die Beraubten abgefunden werden sollen und auch — wie uns Polizeirat Heller mitteilt — restlos abgefunden werden können. Das Schreiben hatte diesen Inhalt:

Wir Fünfe, die wir schon öfter Oesterlingen erschreckt haben, befreien nun die Stadt von einem Schrecken. Wir haben die Person, welche Überfälle verübt hat, geschnappt und ihr das Versprechen abgenommen, daß sie nie mehr etwas Derartiges unternehmen wird. Als Buße und zur Wiedergutmachung übersenden wir 200,— DM, welche der Räuber a. D. uns übergeben hat.

Mit fünffachen herzlichen Grüßen!

Ihre Fünf Gerechten, genannt die Fünf Finger

Da die Polizei noch gerechter sein will, als diese Fünf Gerechten fahndet sie nun nach den Schreibern, um den Räuber nachträglich doch noch seiner Strafe zuzuführen und gleichzeitig endlich der geheimnisvollen Fünf habhaft zu werden.‹

ILONA — DAS REITENDE ZIRKUSWUNDER

Mittwoch war die Praxis geschlossen. Sonjas Eltern benützten die günstige Gelegenheit, um ihrem Landhaus einen Besuch abzustatten. Donnerstag, in aller Frühe, wollten sie wieder zurück sein.

So hatte Sonja einen langen Abend für sich. Die Fünf Finger saßen über allen möglichen Schularbeiten. An einen Abend auf der ›Liegewiese‹ war also nicht zu denken. Freilich lag auch für Sonja ein Aufsatzthema auf der Platte des kleinen Schreibtisches. ›Vereintes Europa — welche Widerstände stellen sich diesem erwünschten staatlichen Gebilde entgegen?‹ Eigentlich eine Kleinigkeit dieses ›Plus-Minus‹ nebeneinanderzustellen. Wenn aber so ein lauer Sommerabend lockt und eine überschäumende Phantasie sich in einem solch' rein sachlichen Thema nicht auszutoben vermag, dann muß dem Ruf von draußen ein rascher Sieg zuteil werden.

Hinein in die engen Blue Jeans, den weißen, ärmellosen Pulli über den Kopf gezogen — und schon bummelte Sonja durch die Hauptstraße, am Rathaus vorbei, den Anlagen bei der verfallenen Stadtmauer entgegen.

Von den städtischen Festwiesen klang Musik. Sonja folgte den Klängen. Da lag das kleine blauweiß gestreifte Zirkuszelt. Eine aufflammende und immer wieder verlöschende Leuchtschrift über dem Eingang ließ erkennen, daß hier der Zirkus ›Equestria‹ sich die Ehre gab, das Oesterlinger Publikum zu empfangen und allabendlich freundlichst zu unterhalten. Wie gern war Sonja als Kind mit den Eltern in den Zirkus gegangen. Und nun klebten schon einige Tage die grellbunten Plakate an allen Tafeln, die besonders auf ›Ilona — das reitende Zirkuswunder‹ hinwiesen. Sonja hatte bisher kaum darauf geachtet.

Weshalb sollte sie sich nicht einmal die Langeweile dieses Abends dort vertreiben lassen? War es auch nur ein kleiner Bums-Zirkus — er würde auf jeden Fall Pferde in die Manege bringen. Und dafür war die leidenschaftliche Reiterin immer zu haben. ›Equestria‹, wohl von dem lateinischen ›equus . . . das Pferd‹ abgeleitet, klang für sie sehr verheißungsvoll.

Kurz darauf saß sie gespannt am Rand der Manege. Elektroverstärkte Tonbandmusik tönte aus den Lautsprechern und füllte das Zelt, das im Inneren etwas größer wirkte. Die Musik war aber auch das Einzige, das den Raum füllte. Nur da und dort kleckerte Publikum auf den Bänken. Eltern mit Kindern, Großmütter mit Enkeln, einzelne ältere Herren. Ein erbärmlicher Besuch. Natürlich, der schöne Sommerabend, die Möglichkeit sich nach dem heißen Tage in den Anlagen zu ergehen und in den Biergärten zu sitzen, statt hier die dumpfe Luft des Zeltes zu atmen, das alles mußte man mit einrechnen. Aber wovon sollten die Zirkusleute mit ihren Tieren leben?

Ungeachtet des geringen Besuches rollte nun ein Programm ab, das ›Equestria‹ durchaus zur Ehre gereichte. Zwar fiel Sonja auf, daß immer die gleichen Personen in den verschiedensten Nummern auftraten, als Trapezkünstler, als Bärenführer und Jongleure, als Radfahrer auf dünnem Drahtseil. Aber wie sollte man auch sonst das kleine Unternehmen über Wasser halten? Der restlose Einsatz dieser wenigen Personen mußte daher nur um so höher bewertet werden.

Sechs reizende Ponys, teils schwarzweiß gefleckt, teils falbenfarbig, wurden vom Direktor selbst vorgeführt. Die zwei

Dreiergruppen trennten sich, liefen in Gegenrichtung aneinander vorbei, vereinten sich wieder, standen sich in Reihen gegenüber, trippelten nickend aufeinander zu und drehten sich zu den Klängen eines Wiener Walzers in anmutigen Tanzschritten. Beifall knatterte von den Publikumsinseln. Sonja klatschte aus Leibeskräften. Diese Nummer hätte ein volleres Haus und ein brausenderes Klatschkonzert verdient. Nach einer etwas schwachen Clownnummer, die aber von den Kindern begeistert aufgenommen wurde, trat der Direktor in die Mitte der Manege und verkündete den Höhepunkt des Abends, die Glanznummer ›Ilona — das reitende Zirkuswunder‹.

Das helle, metallene Hämmern der Amboßpolka, dieses Trabmarsches, begleitete Ilonas Einreiten. Sonja war sofort von diesem Mädchen eingenommen, das ungefähr in ihrem Alter stehen mochte. Unter der rot-weiß geteilten Reiterkappe quollen lange, naturgelockte Haare hervor und fielen bis unterhalb der Schulterblätter. Sie trug einen weinroten Samtrock mit goldenen Knöpfen, weiße, enge Hosen und hohe schwarze Stiefel, die oben hellbraun umrandet waren. Ihr Gesicht mutete auf den ersten Blick fast kindlich an, mit der kleinen Nase, den hohen dunklen Brauen über großen, hellgrauen Augen und den frischen Farben. Doch gab ihr eine öfters erkennbare Falte vom Nasenrücken bis zum Haaransatz zuweilen etwas Frühreifes und Energisches. Den feingliederigen Händen sah man an, daß die stete Zügelführung sie hatte kraftvoll werden lassen.

Zunächst umrundete sie die Manege in ›deutschem Trab‹ und ließ sich im Takt der Musik im Sattel hochwerfen. Bei der zweiten Runde ›saß sie aus‹ und legte sie im leichten Trab zurück. Dann ging es in einen Galopp über, der immer wilder und wilder wurde. Aus dem Lautsprecher wurde das tolle Tempo von dem Galoppmarsch getragen, der mit Recht unter dem Titel

›Frei weg‹ bekannt ist. Dabei verschmolz das schmucke Reitermädchen gleichsam mit dem weitausgreifenden, milchweißen, sehnigen Rassetier. Es war ein wunderbarer Anblick, wie die Beiden dahinflogen, die Haare der Reiterin, Schweif und Mähne des Pferdes im Wind wehten. Sonja mußte sich immer wieder fragen: Wie kam dieser kleine Zirkus zu diesem prächtigen Hengst, in dessen Adern zweifellos Araberblut pulsierte? Doch es blieb keine Zeit zum Nachdenken. Ilona warf ihre Kappe in den Sand und hob sie im rasanten Vorbeiritt nach Kosakenart wieder auf. Sie stand, ohne abzurutschen, auf dem seidigen Fell über der Hinterhand des Pferdes und landete, nach einem Salto vorwärts, wieder im Sattel. Die Kappe hatte sie zufällig oder absichtlich wieder verloren und ihre Haarpracht hing bis zur Kruppe des Schimmels, als sie nun im Handstand zwei Runden drehte. Mit einem eleganten Schwung des geschmeidigen Körpers kehrte sie, in Schwanzrichtung, zum Reitsitz zurück und flankierte von dort wieder in die normale Reithaltung. Die Kappe wurde ein zweites Mal aus dem Sand geangelt. Als sie sich unter dem Pferdebauch hindurch auf der anderen Seite emporschlängelte, brachen die Zuschauer in frenetischen Beifall aus, der fast vergessen ließ, wie wenige Hände diesen Lärm erzeugten. Nun ging das edle Tier im Schritt, am langen weißen Zügel, schnaubte, streckte den Hals, und man hatte Muße, die vollkommenen Proportionen, den dunklen Schweif, die gleichfarbige Mähne und das weiche, dunkelgraue Maul mit den geblähten Nüstern zu bewundern. Ilona saß gelöst im Sattel, dankte lächelnd nach allen Seiten, strich die Haare aus dem erhitzten Gesicht, und man hatte erneut das Gefühl einer absoluten Einheit zwischen der Reiterin und ihrem Pferd. Der Clown lief in den Ring, stolperte, ließ sich zum Jubel der Kinder wiederholt hinfallen, nahm dann Ilona die dargereichte Kappe ab und übergab ihr mit feierlicher Grandezza einen halbhohen schwarzen Zylinder, den sie fest, aber ein wenig schief, auf ihr Haar drückte. Nun sah sie so fesch aus, wie auf den bunten Plakaten im Städtchen. Und dann folgte zu den Rhythmen der ›Kreuzritterfanfare‹ eine hohe Schule, die in allen Phasen nur als meisterhaft bezeichnet werden konnte. Als Abschluß ihres einzigartigen Auftritts galoppierte Ilona nochmals zylinderschwenkend um die Bahn, nahm ein hohes Hindernis, das von zwei Artisten am Manegenausgang gehalten wurde, und verschwand hinter dem sternenbesäten Vorhang, der den Sattelplatz vor den Blicken der Zuschauer verbarg. Gleich darauf sprang sie frisch und munter in die Manege zurück, dankte nach allen Seiten, warf einigen alten Herrn Kußhände zu und verbeugte sich, während wilde Ovationen von allen Seiten über sie hereinbrachen.

Sonja war ganz benommen. Die weiteren, im Programm angezeigten Nummern, die sowieso keine großen Sensationen verhießen, interessierten sie nicht mehr. Sie verließ das Zelt in der festen Absicht, Ilona ihre Bewunderung zum Ausdruck zu bringen. Was war das für eine tolle Reiterin!

Draußen war inzwischen die Nacht hereingebrochen und ein sternenbesäter Himmel wölbte sich über Wiese, Park und dem nahen Städtchen. Nach dem Glanz im Zeltbau wirkte hier alles matt und ärmlich. Einige Zirkuswohnwagen standen trübselig umher. Lämpchen, die an dünnen Drähten hingen, spendeten ein kümmerliches Licht. Doch Sonja mußte nicht lange suchen. Das leuchtende Fell des Hengstes hätte ihr, auch ohne künstliche Lichtquellen, den Weg gewiesen. Ilona war gerade dabei, das dampfende Tier mit einem Strohwisch abzureiben.

In ihrer temperamentvollen Art trat Sonja auf die Reiterin zu. »Ich finde gar keine Worte, um Ihnen zu sagen, wie großartig

Ihre Nummer gewesen ist. Ich reite selbst, aber das kommt mir nun geradezu jammervoll vor, nachdem ich Sie gesehen habe. Einfach ganz große Klasse, einsame Spitze!«
Ilona war an solche Lobreden gewöhnt. Meist bildeten Schulkinder im Anschluß an die Nachmittagsvorstellung einen Kreis um sie, baten um Autogramme und fragten das Blaue vom Himmel herunter. Abends waren es mehr die Herren aller Jahrgänge, die versuchten, sich dem Mädchen in liebebedürftiger Weise zu nähern. In der Regel zogen sie sich bald verärgert zurück, denn Ilona pflegte in solchen Fällen zu sagen: »Ach, entschuldigen Sie, aber ich muß nun meinen Schimmel tränken.« Der Hengst mußte wohl ein ganzes Faß Wasser vertragen, wenn sie ein halbes Dutzend dieser Gattung mit der gleichen Entschuldigung abwimmelte.
Zu diesem gleichaltrigen Mädchen mit seiner ungekünstelten Begeisterung fühlte sich Ilona jedoch sofort hingezogen. Während sie sich an den Schimmel lehnte und das seidenweiche Fell streichelte, begann sie mit Sonja zu plaudern, als seien sie schon lange miteinander bekannt. Zunächst ging's natürlich um dieses ungewöhnliche Pferd, und Ilona erzählte von einer Glücksstunde, in der sie den Hengst von einem verkrachten Zirkusunternehmen ungewöhnlich günstig übernommen hatten. Er sei damals noch ganz jung und völlig undressiert, ja kaum zugeritten gewesen. Ihr Vater habe dann begonnen, mit ihr diese Nummer aufzubauen. Sie sei damals 11 Jahre alt gewesen, natürlich schon längst im Reiten und in der Pferdepflege bewandert. In fünf Jahren habe sie täglich mit dem Schimmel gearbeitet, ihn auch selbst geputzt und gefüttert, so daß er ihr ein richtiger Freund geworden sei und nun auf jeden Wink und Druck reagiere. Sie habe niemand anders an das Pferd herangelassen und werde dies auch in Zukunft zu verhindern wissen.

»Aber in eurem Kaff«, sagte sie mit einer wegwerfenden Handbewegung in Richtung Stadt, »haben wir nun wirklich kein Glück.« Ilona entschuldigte sich sofort für die herabsetzende Bemerkung, aber Sonja sagte lachend, daß sie selbst und ihre Kameraden und Kameradinnen aus der Schule sehr viel an diesem Spießernest auszusetzen hätten.
Nun brach die ganze Bitterkeit aus dem Reitermädchen hervor. Immer nur Kinder, kaum Erwachsene. Ein Besuch, wie schon seit Monaten nicht mehr. Einfach miserabel. Und nun hätten sie Schwierigkeiten mit der Bereitstellung des Platzes in der Stadt, die als nächste auf dem Programm stünde. Es bliebe ihnen nichts anderes übrig, als noch bis Mittwoch in der kommenden Woche zu bleiben. Gott sei Dank habe Oesterlingen ihnen verlängerte Spielerlaubnis gegeben. Aber bei diesem miesen Besuch könnten die überfälligen Tage fast zu einer Katastrophe ausarten. Sie plauderten noch einige Zeit miteinander, und Sonja tat manchen Einblick in den harten Existenzkampf eines so kleinen Zirkusunternehmens. Sie versprach, ihr Bestes zu tun, damit der Besuch in den nächsten Tagen gesteigert werde. Die beiden verabschiedeten sich herzlich voneinander. Nicht ohne sich noch zu einem gemeinsamen Ausritt für den nächsten Mittag zu verabreden.
Mit einem Autogrammfoto Ilonas in der Umhängetasche schlenderte Sonja gedankenverloren dem Städtchen zu. Sie wäre nicht das Haupt der Fünf gewesen, wenn sich nicht sofort der Entschluß festgesetzt hätte: Hier müssen wir helfen und das ein wenig plötzlich.
Zu Beginn der ersten Schulstunde am kommenden Morgen hob Sonja die volle Hand empor. Das galt den vier anderen als Aufforderung, in der großen Pause eine Besprechung in der Schulhofecke hinter dem breiten Stamm der alten Kastanie

abzuhalten. Als sie sich, vor den Blicken der übrigen Schüler verborgen, zusammengefunden hatten, schilderte Sonja kurz das Erlebnis des gestrigen Abends. »Wir haben schon so viele Dinge zusammen gedreht«, schloß sie ihren Bericht, »es müßte doch mit dem Teufel zugehen, wenn wir Samstag und Sonntag abend das Zelt nicht zum Platzen bringen könnten.«

»Kleinigkeit und noch dazu völlig kanthuberfrei«, bemerkte Claudia.

»Trotzdem dürfen wir — nach außen hin — nicht als geschlossene Gruppe in Erscheinung treten«, gab Hel zu bedenken, »sonst kombiniert Kanthuber ausnahmsweise einmal richtig und schließt von den fünf Gut-Tätern auf die fünf gesuchten Übeltäter.«

»Aber, was gedenkt unsere clevere, roßliebende Rädelsführerin vorzuschlagen?« Conny zeigte seine mächtigen Pranken. »Wenn ich mich in den Zirkus setze und meine gewaltigen Flossen lautlärmend zusammenschlage, haut's vielleicht das Wundermädel aus dem Sattel. Aber besetzter werden dadurch die Bänke keineswegs.«

Sonja unterbrach die nun beginnende Diskussion, indem sie darauf hinwies, daß nur zwei Tage zur Verfügung ständen und sie daher — ausnahmsweise — alles allein vorausgeplant habe. Gleich heute nachmittag werde sie zu Dr. Jensen, dem Präsidenten des Reitervereins, eilen und ihm notfalls Löcher in den Bauch reden. »Es muß mir einfach gelingen ihn für heute Abend zu einem Zirkusbesuch zu überreden. Claudia soll mitkommen. Wir werden von links und rechts unseren Charme — um der guten Sache willen — spielen lassen. Diesen alten Hagestolz werden wir schon in die Knie zwingen. Macht er Schwierigkeiten, so lasse ich meinen und meiner Eltern eventueller Vereinsaustritt wie eine dunkle Gewitterwolke dräuend über ihn

aufziehen. Aber es wird auch so gehen! Hat aber Jensen erst einmal Ilona bei der Arbeit gesehen, dann wird er derart fasziniert sein, daß er alle Mitglieder und Reitschüler anruft und ihnen den Zirkusbesuch am Wochenende zur Pflicht macht. Das gibt dann mit Familien und Kindern ein halbvolles Zelt.«
Sonjas Vorschlag fand allgemeine Anerkennung. Dadurch ermutigt, ging sie geradezu diktatorisch vor. Hel bekam den Auftrag, ein werbekräftiges Flugblatt zu entwerfen, das Bertl mit dem Kopiergerät der Textilgroßfirma in Massen vervielfältigen sollte. Alles müsse noch heute nachmittag geschehen. Sie selbst werde noch vor dem Besuch bei Dr. Jensen, den ihr gut bekannten Redakteur des Oesterlinger Tageblattes aufsuchen, um ihm einen flammenden Werbeartikel für die Zirkusnummer der kleinen Ilona unterzujubeln. Ein Bild des Reitermädchens habe sie ja und eine tolle Überschrift werde ihr schon noch einfallen. Wozu sei denn nun Mathestunde? Beste Gelegenheit zu journalistischer Arbeit. »Alle miteinander aber müssen wir morgen die Flugblätter unbemerkt in der Schule verstreuen. Und Conny bleibt dann tatsächlich nur das Klatschen. Seine Aufgabe ist es, immer als erster loszulegen. Ich glaube diese wahrhaft ›konzertierte Aktion‹ wird hinhauen und zwei volle Abende unter dem Zelt von ›Equestria‹ bringen.«
Glücklicherweise hatte am Samstag der Himmel ein freundliches Einsehen. Ein Gewitter am Freitag hatte eine kleine Abkühlung gebracht, und die Oesterlinger krochen nicht mehr umher wie nasse Fliegen. So waren sie auch eher bereit, einen kleinen Spaziergang zu wagen, hinaus zu den Festwiesen. Der Zirkus strahlte mit all seinen elektrischen Girlanden in den milden Sommerabend.
»Das nennt man Reiten!« Sonjas Artikel in der Zeitung trug in roten Lettern diese Überschrift. Er schilderte Ilona in den glü-

hendsten Farben, brachte ihr Bild und behauptete, dieses Reitermädchen habe sich wohl nur aus Versehen in diesen Zirkus verirrt oder sei eben dort geblieben, weil ihr Vater der Direktor des Unternehmens sei ... in Wirklichkeit gehöre sie unter das Dach des Zirkus ›Krone‹. Unter diesem ziemlich ausführlichen Bericht stand nur ›So.‹ als Unterschrift. Die Oesterlinger rätselten, wer sich wohl hinter diesen zwei Buchstaben verbergen mochte. Auch Bertls Flugblatt, das mit großen Typen die Schlagzeile brachte: ›Achtung ... der Zirkus brennt ...‹, um dann in einfacher Schrift fortzufahren ... ›darauf, euch am Wochenende unter seinem Zeltdach zu empfangen‹ ... hatte seine Wirkung nicht verfehlt. Und nun kam es vor allem darauf an, wie sich die Mitglieder des Reitervereins verhielten, denn Dr. Jensen — in der Tat von Ilonas reiterlichem Können und ihrer ganzen Erscheinung wild begeistert — hatte sich in seiner Werbekampagne direkt überschlagen.

Die Fünf saßen schon eine Viertelstunde vor Beginn getrennt voneinander in verschiedenen Rängen und waren mindestens so aufgeregt, wie Ilona, die sich durch den unerwarteten Zeitungsbericht und den Besuch ganzer Schulklassen bei der Nachmittagsvorstellung in einem Zustand freudigster Erwartung befand. Alle Augenblicke sah sie durch den Vorhangspalt und konnte voll innerstem Jubel feststellen, daß kurz vor 20 Uhr nahezu alle Plätze besetzt waren. Und immer noch strömte es herein. Lauter Leute, deren Besuch sie nie vermutet hätte: Erwachsene, Eheleute, gediegene Bürger, Schüler der höheren Klassen, Handwerksmeister ... ja man flüsterte ihr zu, daß eben sogar der Oberbürgermeister das Zelt betreten habe.

Da sah sie Sonja sitzen, und im gleichen Moment wußte sie auch, wer den Artikel verfaßt hatte und überhaupt hinter der ganzen Werbeaktion stand. Sie schlug ein wenig den Sternenvorhang zurück und warf ihrer Helferin, der Retterin des Zirkus — wie sie später zu ihrem Vater sagte — ganze Kußhandladungen zu. Sonja erwiderte den Gruß natürlich in nicht ganz so theatralischer Form.

Als die verstärkte Tonbandmusik begann, klatschte Conny bereits wie wild in seine Hände. Die vier anderen taten es ihm gleich. Das riß das Publikum mit, und so wurde gleich zu Beginn die Stimmung richtig angeheizt. Bei jeder Nummer gab es brausenden Applaus. Ilona, deren Auftritt natürlich alles mit besonderer Erwartung entgegensah, ging nahezu in den Beifallswogen unter. Einige Passagen mußte sie wiederholen.

Als sie zum Abschluß dankend in die Manege sprang, stelzte Dr. Jensen auf seinen etwas krummen Reiterbeinen durch den Sand und übergab dem ›Zirkuswunder‹ Blumen und eine ungeheur große Pralinenschachtel. Das löste erneut Beifall aus.

Sonja schlüpfte dabei fast unbemerkt aus dem Zelt. Sie wollte von Ilona Abschied nehmen. Denn nun war ja alles gut gelaufen, und man mußte um den Besuch in den letzten zwei Tagen nicht bangen.

Bei Sonjas Anblick ließ Ilona den Schimmel stehen, eilte ihr entgegen, schlang die Arme um ihren Hals und küßte sie fest auf beide Wangen. Sonja war eine etwas herbe Natur und liebte eigentlich solche Gunstbezeugungen wenig. Aber sie spürte, wieviel echte Wärme und Dankbarkeit hinter dieser temperamentvollen Geste stand. Und so ließ sie es über sich ergehen.

Übrigens erschien nach Beendigung der Gesamtvorstellung Dr. Jensen und versuchte bei Ilona einige Dankesküsse anzubringen. Da aber hieß es nur: »Entschuldigen Sie, aber ich muß meinen Schimmel tränken!«

KLATSCHWEIBERN VERSCHLÄGT'S DIE SPRACHE

Wütend schob Kanthuber die Kaffeetasse zur Seite. Die braune Brühe schwappte über.

»Aber Franz! Das frische Tischtuch!«

Frau Elli sah empört auf ihren Mann. Der aber knetete unentwegt Brotkügelchen mit seiner Linken. Dabei glich er einem Stier, der durch das Gehege hindurch auf rotgekleidete Sommerfrischler starrt.

Jetzt donnerte seine rechte Faust auf den Frühstückstisch. Alle Dosen und Marmeladengläser hüpften. Der Kaffee schlug Wellen.

»Franz! Spinnst du??!!«

»Ja«, brüllte Kanthuber, »ich werde noch verrückt mit diesen Fünfen! Da, lies!«

Er warf seiner Frau das halbzerknüllte Zeitungsblatt hin.

Es war nicht schwer, auf der Lokalseite die Stelle zu finden, die ihren Mann in einen tollgewordenen Bullen verwandelt hatte. Da stand ja dick genug über der täglichen Glosse: ›Die sympathischen Fünf‹.

Während Frau Elli las, brütete Kanthuber düster vor sich hin, und seine Kiefer mahlten.

Gewiß, als frühstücksfördernd konnte es nicht angesehen werden, was ihm da von einem Lokalredakteur aufs Butterbrot geschmiert worden war. Die Fünf, stand da schwarz auf weiß, eroberten sich mehr und mehr die Herzen der ganzen Bevölkerung. Freilich, das Begräbnis des Denkmals, der Tausch der

Köpfe und noch einige vorangegangene Streiche seien nicht ganz als legale Handlungen zu betrachten. Juristisch gehörten sie unter die Rubrik ›grober Unfug‹. Aber mit dem Fang des Straßenräubers und der restlosen Zurückerstattung der Beute hätte diese tolle Bande doch bewiesen, daß ihr Herz auf dem rechten Fleck schlage. Allerdings sei der Polizei nun ein dicker Brocken, gleichsam ein fetter Karpfen, entgangen. Doch was bedeute dies gegenüber dem Dienst, den die Fünf mit ihrer letzten Tat der ganzen Stadt und vermutlich auch dem Räuber selbst erwiesen hätten . . .?

Frau Elli ließ das Blatt sinken.

Sie lächelte. In der Tat — sie lächelte . . .

»Ja aber«, sagte sie, »das stimmt doch? Ganz Oesterlingen freut sich über den geraubten Räuber!«

»Was! Du auch!? . . . du auch!!?? . . . du auch!?«

Kanthuber sprang auf. Er stieß dabei mit solcher Wucht an die Tischkante, daß ein Spritzer aus der Kanne dem Tischtuch den Rest gab.

»Merkst du denn nicht«, keuchte er, und stand mit geballten Fäusten vor seiner Frau, »ja, merkst du denn nicht, daß diese erbärmlichen Zeitungsschmierer mit dem Worte Karpfen auf mich, direkt auf mich zielen?«

Frau Elli wandte arglos ein, daß doch der Räuber und nicht der Kommissar als ›Karpfen‹ bezeichnet worden sei.

Da aber war es mit Kanthubers Fassung zu Ende.

»Ihr Weiber habt überhaupt kein Feingefühl, kein Ehrgefühl . . . nichts . . . nichts! Ihr könnt nicht zwischen den Zeilen lesen . . . ihr . . . ihr seid so . . . so . . .! Ach was, ich hab's satt!«

Damit stürzte er aus dem Zimmer, riß die Schottenmütze vom Haken, warf sich vor dem Hause in seinen Wagen und brauste mit einem Tigersprung der Vorderräder und unter wüstem

Schaltungsgekrache in Richtung Rathaus davon.
Frau Elli sah durchs Fenster dem Wagen nach. Sie lächelte immer noch. Sie kannte ihren Franz und seine Ausbrüche. Im Büro würde er bald wieder vernünftig werden.
»Was sind doch die Männer so blöd«, murmelte sie vor sich hin, »haben überhaupt keinen Humor und kommen gleich mit ihrer dummen Ehre.«
Singend begann sie den Frühstückstisch abzuräumen. Die Tischdecke flog in den Wäschekorb.
Doch diesmal hatte sich Frau Elli in ihrem Mann getäuscht. Er beruhigte sich noch lange nicht. Zumal man ihm den betreffenden Zeitungsteil auf den Schreibtisch gelegt und die bewußte Stelle rot angestrichen hatte.
Der Stier brach durch den Zaun und stürmte dem roten Tuch, den Fünfen, entgegen.
Er gab Anweisung, daß in den nächsten Tagen das Schriftbild aller Schreibmaschinen in Oesterlings Schulen mit dem Schriftsatz des Fünferbriefes verglichen werde. Da in den verschiedensten Schulen Unterricht im Maschinenschreiben erteilt wurde, war das keine leichte Arbeit. Er selbst unterhielt sich mit den Rektoren dieser Lehranstalten. Auch mit den Lehrkräften für Schreibmaschineschreiben sprach er.
Alles vergebens.
Für die Fünfe bedeutete diese hektische Suche der Polizei nach den Briefschreibern eine stete Quelle des Vergnügens.
Sie wußten ja, daß Sonja diesen Brief in aller Ruhe auf ihrer eigenen kleinen Maschine getippt hatte.
Sie stand doch außerhalb jeden Verdachtes. Und wie sehr hatte sie den Kommissar für sich eingenommen, als er sie aus dem Park in die lichteren Gefilde der Stadt begleitete. Nein, ihre Maschine brauchte das Tageslicht nicht zu scheuen. Sie stand

offen in ihrem Zimmer, in der ›Höhle‹ der Fünf, und kein Kriminaler würde je auf den Gedanken kommen, sie einer Prüfung zu unterziehen.

... An einem kleinen Ecktisch im ›Café am Markt‹ saßen Bertl und Claudia über riesigen Portionen Eis mit Sahne.

Draußen glühte die Sonne über dem Pflaster. Aber Claudia glühte innerlich ebenso. Hätte sich das körperlich auswirken können, so wäre jeder Löffel Eis bei ihr zischend durch die Speiseröhre geglitten.

Bertl, der sie um doppelte Haupteslänge überragte, war schon seit der 9. Klasse ihr Idol. Sonja gegenüber betonte sie oft, er sei ihre ›hoffnungslose Liebe‹. Seine Interessen lagen auf diesem Gebiet außerhalb des Bundes und der Schule. Claudia mußte sich damit begnügen, daß sie innerhalb der Fünfer-Gemeinschaft an seiner Seite stand, daß er überhaupt nett zu ihr war, in ihr die prima Kameradin sah und sich gerne mit ihr unterhielt.

An diesem Frühnachmittag hatten sie sich zufällig auf der Straße getroffen. Bertl benützte den Hinweis auf die Hitze und auf den Grundsatz des Bundes, sich niemals zu fünft in einem Lokal aufzuhalten, um sie zu einem Eis und einem Zweier-Plausch einzuladen. Wie ein Eichhörnchen hockte sie auf ihrem Polsterstuhl, sah an dem schlaksigen, langhaarigen Älteren empor und verschlang jedes seiner freundlichen, gutmütigen Worte wie die Eisberge auf ihrem Löffel.

Das Café war noch ziemlich leer um diese Zeit. Die langbeinige Ulli mit der kecken Sommersprossennase benützte die günstige Gelegenheit, sich ein wenig zu ihnen zu setzen. Sie bediente in diesem Café und war beiden von Jugendzusammenkünften her gut bekannt. Mit Claudia hatte sie sogar einige Jahre die gleiche Schulbank gedrückt.

»Gestern hatte ich eine Stinkwut«, begann Ulli im Flüsterton.

»Da tagte dort am runden Tisch der berühmte Kaffeekranz. Die olle Zahn natürlich mitten drinnen. Lauter lustige Witwen oder gutgestellte Kaufmannsfrauen, die daheim nichts zu tun haben. Das klirrt und klappert an den Armen von lauter goldenen Kettchen und bammelt in den fetten Ohrläppchen, daß einem die Augen übergehen. Na ja — echt ist das meiste sicher nicht. Und die Ringe an den Fingern! Solche Trümmer!« Ulli formte mit den Fingern Konturen, die einem reifen Apfel gleichkamen. »Weißt du, Claudia, die schikanieren mich ganz schön. Und mit dem Trinkgeld sind sie knauserig wie dürre Äcker. Gestern beim Kassieren — sie zahlen ja alle mit großen Scheinen, damit ich feste wechseln muß — also da habe ich einige Kostproben aus ihrer Giftküche abbekommen. Da zogen sie doch über die Kathrin aus eurer Oberklasse her, weißt du, die jetzt Abitur gemacht hat und ein Kind kriegt. Daß sie das überall ganz vergnügt herumerzählt, weil sie doch auch so bald heiraten kann, das fanden diese Bisgurn schamlos. Sie sagten so viel Abscheuliches, bedauerten die Eltern und erinnerten dauernd an ihre Zeit, in der man mit Schimpf und Schande von der Schule gejagt worden wäre. Dabei haben sie ihre Augen verdreht und empört an die Decke geschaut.
Die Schlimmste von allen war die Zahn. Die hat vielleicht auf ›die Jugend von heute‹ geschimpft . . . da macht ihr euch gar keinen Begriff. Auch die Sache mit dem Pappschild, das man ihr an die Türe gehängt hat . . . ihr habt's sicher gehört: . . . die Sache mit der Prügelandrohung durch die Fünf . . . diese ganze Geschichte hat sie wieder aufgewärmt und ihr angeberisches Verhalten vor dem Polizeirat als besondere Heldentat hingestellt. Es war zum Kotzen! Ich hätte ihr eine schmieren können! Und all' die anderen Weiber haben wonnig in das allgemeine Lästerkonzert mit eingestimmt. Wenn ich wüßte, wer die Fünf

sind ... ich würde sie geradewegs auf dieses lebendig gewordene Klatschmohnfeld hetzen ...! Vor allem der netten Kathrin zuliebe.«
Bertl zwickte Claudia unter der Tischplatte vor Vergnügen. Man mußte sich doch freuen, wie Ulli so gut über den ›Bund der Gerechten‹ dachte und wie ahnungslos sie über dessen personelle Zusammensetzung war.
Claudia drückte fest Bertls Hand. Dieser verstand sofort. Das hieß auf gut Fünfer-Deutsch: Hier muß etwas geschehen! Diese Angelegenheit fällt in unser Spezialgebiet.
»Die Klatschweiber kommen übrigens nicht nur im Café zusammen. Das langt ihnen nicht. Sie müssen doch gegenseitig mit ihren Wohnungen und ihren Kochkünsten angeben!« berichtete Ulli weiter. »Ich hab's genau gehört. Den nächsten Kaffeekranz halten sie diesen Samstag um 16 Uhr in der Villa Schilderknecht, ihr wißt schon ›Schilderknecht u. Co., Immobilien‹, draußen vor dem Tor beim Friedhof. Der Alte ist meist dienstlich unterwegs und da kann die Gnädige daheim auftrumpfen. Zu dumm, daß ich am Sonntagabend Dienst habe. Herrlicher Gedanke, einen Stein durchs Fenster zu schmeißen! Wenn sie gerade über uns losziehen ... dann auf einmal — plumps — ... und ein Stein fliegt auf die Kaffeekanne, der Inhalt strömt über die Damasttischdecke und die Frauen fliehen kreischend an die Wände!«
»Blühende Phantasie, Ulli«, lachte Claudia, »die hast du schon in der Schule gehabt. Hat sich aber üppig entwickelt.«
»So wie die ganze Ulli ...«, wirft Bertl ein und schaut sie ein wenig spöttisch an.
»Ich muß bedienen, höchste Eisenbahn! Die Chefin schaut schon die ganze Zeit her!« Damit saust Ulli, die unter Bertls etwas frecher Bemerkung rot geworden ist, blitzschnell zu einem neu-

besetzten Tisch und fragt nach den Wünschen der neuen Gäste. Claudia schluckt einen kleinen Ärger über Bertls Bemerkung mit einem hochgetürmten Löffel Eis hinunter.
Dann sagt sie zu Bertl nur den einen Satz: »Nächsten Samstag zwischen 16 und 18 Uhr muß etwas geschehen!« Bertl nickte. »Ja, wir müssen uns etwas einfallen lassen, die anderen verständigen und einen Plan entwerfen. So eine Gelegenheit kommt nicht wieder!«
Selten war die Einmütigkeit im ›Bund der Gerechten‹ so spontan, wie beim Aufruf Bertls zum Kampf gegen die klatschenden Weiber. Die Vorschläge zur Durchführung der Samstags-Aktion überpurzelten sich geradezu. Kathrin sollte gerächt, die Zahnin bestraft und der ganzen ›Dreckschleuder-Kompanie‹ — wie Hel den Damenkranz nannte — für alle Zeiten das Maul gestopft werden. Claudia war Feuer und Flamme. Sie hatte ja noch ein Hühnchen mit einem Kranzmitglied, der Metzgermeisterin, zu rupfen, die sich beim ›Köpfetausch‹ so liebevoll ihrer Kleidung angenommen hatte. So entstand im Rat der Fünf ein köstliches Webmuster, in dem jedes Bundesglied seinen Faden zu ziehen hatte.
Es begann damit, daß am Freitag gegen Abend ein nettes Mädchen der Villa Schilderknecht einen Besuch abstattete. Durch eine freche, rote Baskenmütze, getuschten Wimpern, schwarznachgezogenen Augenbrauen hatte sich das Bundesbaby bis zur Unkenntlichkeit verwandelt. Ganz zart drückte sie auf den Klingelknopf.
Die Frau des Hauses öffnete persönlich. Ohne Kriegsbemalung und bar allen Schmuckes bot sie keinen erfreulichen Anblick. Claudia aber ließ die ganze Skala ihres angeborenen Charmes spielen.
»Verzeihen sie, gnädige Frau«, zwitscherte sie, »daß ich Sie zu

einer vielleicht für Sie so ungelegenen Stunde überfalle. Aber ich bin in einer Bank tätig und daher erst nach 17 Uhr abkömmlich. Was ich zu bringen habe, greift auch in Ihr Leben ein, Frau Schilderknecht. Ich gehöre einem okkultistischen Zirkel an. Wir befassen uns mit der transzendalen Welt, mit der anderen Dimension. Schlicht ausgedrückt, mit den Geistern Verstorbener. Wir nehmen in unserem Kreise, dem Bürger aller Alters- und Berufsgruppen angehören, Kontakt auf mit solchen Spirits und haben bereits erstaunliche Wahrnehmungen gemacht. Selbstverständlich kommen wir nur ganz im geheimen zusammen, denn die unaufgeklärte und ungläubige Welt würde uns nur verlachen. Aber ich kann Ihnen versichern, gnädige Frau, es ist eine todernste Sache.«

Frau Schilderknecht war zunächst von dem Wortschwall Claudias einfach überrumpelt. Sie sagte, daß ihr Mann leider wieder auf Dienstreise sei und erst Montag zurückkäme. Dennoch stand sie zu sehr im Banne der Neugierde, als daß sie Claudia einfach kurz abgefertigt hätte. Sie hatte schon viel von englischen Schloßgeistern gelesen, von okkulten Zirkeln, von medialer Geistervermittlung . . . und immer war ihr dabei ein eigenartiges und durchaus nicht unangenehmes Prickeln den Rücken hinauf- und hinuntergelaufen. Aber es blieb ihr keine Zeit zum Überlegen. Claudia fuhr fort: »Wir haben Sie, gnädige Frau, besonders herausgesucht wegen der Friedhofsnähe dieser Villa. Es ist ja eine etwas unheimliche Nachbarschaft, deren Sie sich erfreuen . . . oder zu der Sie verurteilt sind . . . und wir fühlen uns deshalb verpflichtet, Sie zu warnen, gleichzeitig aber Ihnen auch Abwehrmaßnahmen gegen überirdische Kräfte und Erscheinungen zu empfehlen.«

Claudia war während des Gespräches immer tiefer in den Vorplatz der Villa eingedrungen. Mit schnellen Blicken sondierte sie dabei das Terrain. Der lange Korridor führte direkt in das große Eßzimmer, dessen Tür offen stand. Es war also zum Garten hin gelegen. Sicher würde der Kranz morgen in diesem Raume zusammenkommen. Bei der herrschenden Hitze würden dann die Fenster zum Garten offenstehen. Das war die Vorbedingung und ermöglichte erst den Plan.

Frau Schilderknecht, die bei der Erwähnung der Friedhofsnähe leicht erblaßt war, was Claudia nicht verborgen blieb, wurde von dieser wieder beruhigt.

»Sie brauchen deshalb keine Angst zu haben, gnädige Frau. Die Geister machen sich zwar bei Tag oder bei Nacht zuweilen sehr unangenehm bemerkbar, erschrecken uns, weisen uns zurecht, bedrohen uns . . . aber zu wirklichen Eingriffen der jenseitigen Welt kommt es selten. Freilich, wenn man sich ihren Wünschen widersetzt . . .« Claudia sprach nicht weiter, sondern machte ganz unheimliche Großaugen.

Frau Schilderknecht erschauerte leicht. Diese Gelegenheit benutzte das Mädchen, um der Frau des Hauses eine okkultische Schrift, ein billiges Heft, in die Hand zu drücken. Der getreue Franz hatte es für die Fünfe in der Buchhandlung gekauft.

»Dürfen wir Ihnen, gnädige Frau, diese Schrift zum vorläufigen Studium überreichen? Nein, nein, Sie brauchen nichts zu zahlen«, sagte sie abwehrend, als Frau Schilderknecht die Börse zückte. »Wir tun alles um der guten Sache willen. Um der Menschheit Willen, die auf die Dauer sich dem Eindringen der Geisterwelt nicht verschließen kann.«

Da Claudia nicht gerne allzu lange im Blickfeld dieser Frau stehen wollte, brachte sie die Angelegenheit zu einem schnellen Abschluß.

»Ich werde mir erlauben, gelegentlich wieder vorzusprechen oder einen unserer Herren zu schicken. Heute habe ich es leider

eilig. Sie wissen ja ... Freitag! Da hat man allerlei vor ...«
Damit drückte Claudia das Heftchen mit dem Titel: ›Geistreiches aus dem Reich der Geister‹ Frau Schilderknecht in die Hand, wünschte einen guten Abend und verließ mit raschen Schritten Vorplatz und Vorgarten.
Kaum hatte die Frau des Hauses die schwere Türe ins Schloß fallen lassen, als Claudia schon auf der Hinterhand kehrt machte, in den Garten zurückeilte, ums Haus herumsauste und ganz genau die Höhe und Zahl der Eßzimmerfenster hinter der Villa inspizierte. Auch sonst sah sie sich gründlich um und schlüpfte dann vorsichtig wieder aus dem Garten, glücklicherweise von der Straße und vom Haus her unbemerkt. Es war eine vornehme und einsame Gegend. Das kam ihr und dem geplanten Unternehmen zugute.
Claudia verschwand im Gebüsch des nahe gelegenen Spielplatzes, stopfte die Baskenmütze in die Umhängetasche und verwandelte sich mit Hilfe des Taschenspiegels und weißer Abschminkcreme wieder in das normale Bundesbaby, das schnellstens zu Sonjas ›Höhle‹ lief und den versammelten Kampfgefährten das Ergebnis des Spionageauftrages meldete. Der Plan erhielt seinen letzten Schliff. Die Rollen wurden von Sonja verteilt und bis ins kleinste durchgesprochen.
Der Samstag nachmittag brütete unter einer Glocke von gewittriger Schwüle. Am Horizont brauten sich fahle, gelbgrüne Wolken zusammen. Der Schweiß rann in Strömen.
»Richtiges Geisterwetter«, sagte Bertl. Claudia versicherte, daß mit Bestimmtheit die zwei Fenster des Speisezimmers in Richtung Garten offenstehen würden. »Da wird schon der Metzgerkoloß dafür sorgen«, meinte sie und dachte an den ›Niagarafall‹ bei der Eschenbach-Feier.
Ab 16 Uhr schleusten sich die Fünf in den Schilderknechtschen

Garten. Sie benützten den Empfang der Gäste, die Konzentration der Hausfrau und des Hausmädchens auf die jeweils Eintretenden, um nacheinander unbemerkt durch die Gartentüre hinters Haus zu schleichen. Hinter hohen Johannisbeerstauden schlugen sie ihr Geisterlager auf.

Wie erwartet standen die Fenster weit offen. Das Stimmengewirr war deutlich wahrzunehmen. Dazwischen Trompetengetöne einzelner Kranzmitglieder, welche sich in besonderer Weise Gehör verschaffen wollten. Es erinnerte an das Konzert der verschiedensten Tierarten und die schauerlichen, alles durchdringenden Laute aus dem Rüssel des Elefanten. So brach das unangenehme Organ der Witwe Zahn immer wieder durch die Schallmauer. Jetzt hörte man sie sogar alleine reden. Sie wußte das Allerneueste aus einer Scheidungsgeschichte zu berichten.

»Da zermalmt sie wieder ahnungslose Oesterlinger Leute zwischen ihren künstlichen Zähnen«, murmelte Hel.

»Infam, infam! Na warte nur, alte Hexe, dir werden wir's nachher schon besorgen!« Natürlich war es Claudia, die wieder einmal ihrem Zorn Luft machte.

»Pssst, nicht so laut«, mahnte Conny.

»Pah, völlig ungefährlich«, warf Bertl ein. Wir könnten getrost singen. Die da drinnen sind restlos mit sich selber beschäftigt, und jede wartet nur auf das Stichwort zu ihrem persönlichen Auftritt.«

Nachdem eine Zeitlang alle miteinander das arme Oesterlinger Ehepaar mit durcheinanderquirlenden Verdammungssätzen vernichtet hatten, trat plötzlich, so gegen fünf Uhr, unerwartete Stille ein. Ein letzter Rest von Anstand billigte der Gastgeberin das Recht der ersten Rede zu.

Und nun erlebten die atemlos lauschenden Lagergenossen, wie trefflich Claudia und ihre Schrift den Boden für die kommende

Unternehmung gedüngt hatten. Frau Schilderknecht berichtete über den Besuch der Geisterbotin. Claudia wollte sich kugeln vor Lachen, als sie durchs Fenster vernahm, wie nett sie gewesen sei, eigentlich gar nicht unheimlich, bis auf die Augen. Ihnen hätte man angesehen, daß sie schon in andere Welten geschaut. Und dann brachte Frau Schilderknecht die dümmsten Geistergeschichten aus dem Heftchen zu Gehör. Offenbar war sie fest von deren Wahrheit überzeugt.

»Ich konnte es zuerst nicht glauben«, sagte sie mit gedämpfter Stimme. Aber es steht bei jeder Episode der Ort und die Zeit dabei. Da muß es ja stimmen.«

Die »Ahs« und »Ohs« aus der Kaffeerunde sowie Zwischenrufe: »Das ist doch nicht möööglich« ... »Man sollte es nicht glauben« ... »Ja so was« ... »Da bekommt man es ja mit der Angst zu tun« ... »Grauenhaft, grauenhaft« ... »Und Sie Ärmste wohnen gleich dem Friedhof gegenüber« ... ließen erkennen, wie gierig erschauernd die ganze Versammlung die prickelnden Unheimlichkeiten schluckte.

Und dann redeten wieder alle gleichzeitig. Jede wußte ein Geistererlebnis beizusteuern, das sie da oder dort gehört habe. Wenn man auch keine Einzelheiten mehr verstand, so war doch aus verschiedenen laut geschrieenen Hauptworten festzustellen, worum es ging.

Von Ferne hörte man das Rollen des Donners.

»Lange können wir nicht mehr warten«, flüsterte Sonja.

»Ich glaube, die Damen sind jetzt für Erscheinungen aus dem Reich der abgeschiedenen Geister seelisch vorbereitet«, warf Bertl ein.

»Halt«, rief Hel. »Ich habe da noch eine Idee. »Wir müssen den edlen Frauen von Oesterlingen den Rückzug abschneiden. Dann wird alles noch viel spannender.«

Ehe sich die anderen dazu äußern konnten, sprang der geschmeidige Sportler auf, rannte ums Haus, versuchte die vordere Haustüre zu öffnen und kletterte, als er sie verschlossen fand, durch ein offenes Badezimmerfenster in die Wohnung. Dort öffnete er die Türe einen Spalt breit zum Hauptgang, stellte mit Befriedigung fest, daß das Hausmädchen in der Küche mit Geschirr klapperte, und fegte blitzschnell durch den Korridor zur Türe des Speisezimmers, wo er den Schlüssel umdrehte. Bei dem Stimmengewoge ein völlig ungefährliches Unternehmen.
In Sekundenschnelle legte er denselben Weg in umgekehrter Reihenfolge zurück, traf heftig atmend im Geisterlager ein und erstattete Bericht über seinen Alleingang.
»Bravo Hel!« — »Toll« — »Klasse, klasse«, tönt es von allen Seiten.
»Die sind gefangen, wie Mäuse in der Falle«, meinte triumphierend Claudia.
Inzwischen hatte sich der Himmel bedrohlich mit Wolken überzogen. Die Hitze lastete drückend auf der ganzen Stadt. Schnaken stürzten sich blutgierig auf die Handrücken. Das Rollen des Donners kam immer näher.
Es wetterleuchtete am Horizont.
»Höchste Zeit«, sagte Sonja, »sonst werden wir noch klitschnaß.« »Wären wir echte Geister«, meinte Bertl, »so würde es durch uns durchregnen, aber leider sind wir von Fleisch und Blut.«
»Also ran an den Speck!« kommandierte Conny.
Mit dem Ruf: »Los, Aktion eins!« leitete Sonja das Unternehmen ein. Hel arbeitete sich geduckt zu den offenen Fenstern vor. Ihm folgte Conny, der eine leere Kiste schleppte. Er stellte sie unter das linke Fenster, stieg hinauf und ließ sich von Hel den Kassettenrecorder reichen.

Er schaltete ihn ein und legte das flache Kästchen, das nicht über den hölzernen Rahmen hinausreichte, auf das Fensterbrett.
Und nun entringen sich dem kleinen technischen Wunderwerk schauerliche Töne. Conny hat höchste Lautstärke eingestellt. In Sonjas ›Höhle‹ hatten sie am Tag zuvor die Tonbandaufnahmen gemeinsam produziert. Entsetzliche Schreie, gellendes Kreischen, ersticktes Gurgeln, langgezogene Jammertöne, dumpfes Stöhnen — durcheinander, nebeneinander, ineinander, einzeln — wechselt ab mit Kettengerassel, Trommeln auf Holz und Metall, lauten Gongschlägen und undefinierbaren Lauten, die durch Heulen in eine Trichteröffnung erzeugt worden waren. Dazwischen schrille Pfiffe, unheimliches Papierrascheln, Klatschen, pistolenartiges Knallen. Hexensabbat, Geisterchor! Hier ist die Hölle los. Eine Geisterorgie, wie sie ärger nicht gedacht werden kann.
Die Wirkung auf die Kaffeegesellschaft ist durchschlagend. Trotz der grauenhaften Lärmbarriere auf dem Fensterbrett hört man von drinnen wilde Schreie und sieht die Köpfe schattenhaft durcheinanderwirbeln. Offenbar rasen die Damen wie aufgescheuchte Hühner im Kreis herum, nachdem sie vergebens versucht haben, durch die Türe zu entkommen. Es ist anzunehmen, daß auch das Hausmädchen verschüchtert in der Küche hockt und nicht wagt, die Gefangenen zu befreien.
Bertl zieht sich eine weiße Kapuze über den Kopf mit gräßlichen Augenschlitzen. Auf ein Zeichen der ›Chefin‹ springt er quer über den Rasen zum zweiten Fenster, unter das Conny nun rasch die Kistenstufe gestellt hat. Im nächsten Moment sehen die völlig verschreckten Kaffeetanten den Geisterkopf auftauchen, was neue Entsetzensschreie zur Folge hat.
Auf der anderen Seite stemmt sich Hel am Lärmfenster soweit empor, daß er die Stop-Taste am Recorder auslösen kann.

Plötzliche Stille! Einen Augenblick lang unheimliches Schweigen!

Nun vernimmt man nur noch die Schreckensrufe aus dem Zimmer.

Das Donnerrollen rückt näher. Fahles Licht liegt über dem Garten.

Als Phase ›drei‹ des Unternehmens tritt nun Sonja in Aktion. Sie hat einen Luftballon in einer großen Plastiktüte mitgebracht, auf dessen heller Oberfläche eine schreckliche Grimasse gemalt ist. Mit wenigen Sätzen fegt sie über das Wiesenstück zum Fenster Nr. 1 und läßt hier den Ballon an einem Faden hochsteigen und dicht über dem Kassettenrecorder auf und ab, hin und her taumeln. Auf diese Weise sind beide Fenster von Geistern besetzt und die Klatschgesellschaft sieht überhaupt keinen Ausweg mehr.

Mit dumpfer Stimme hält jetzt Bertl eine Art Geisterpredigt. Er behauptet, ein im 16. Jahrhundert wegen Mordes hingerichteter Verbrecher zu sein, der in seiner Oesterlinger Friedhofsecke keine Ruhe finde. Aber er sei fest entschlossen, seine Untat wieder gutzumachen. Deshalb warne er noch Lebende vor Bosheiten, zunächst im guten — wie eben heute — später aber, bei hartnäckiger Verweigerung sei er bereit, auch härtere Maßnahmen zu ergreifen. Bei unsichtbaren Geisterflügen habe er schon wiederholt die Möglichkeit gehabt, den Klatschereien und böswilligen Verleumdungen dieses Kaffeekranzes zuzuhören. Wie dieser Kreis kürzlich im ›Café am Markt‹ Kathrin und heute die in Schwierigkeiten geratenen Ehepartner durch den Zerreißwolf ihrer Zähne gedreht habe, das übersteige alle Begriffe. »Entweder ihr ändert euch«, ließ Bertl mit immer mehr anschwellender, hohler Stimme vernehmen, »oder ich und mein Geistbegleiter, wir kommen wieder. Dann aber werden meinen

Worten unheimliche Taten folgen. Hütet euch, ihr klatschenden Weiber von Oesterlingen. Hütet euch!«
Damit zog der Redner aus anderen Dimensionen sein Geisterhaupt ein und rannte zurück in das Buschlager. Auch Sonja machte ihr Fenster geisterfrei, gesellte sich zum Ex-Geist Nr. 1 und beide packten in größter Eile alle Utensilien in eine Tasche, nachdem sie dem Ballonkopf zuvor mit einem Nadelstich den Garaus gemacht hatten. Unter Zurücklassung der Kiste und Mitnahme des Recorders sausten nun auch Conny und Hel hinter die Büsche. Alle Fünf suchten mit peinlichster Genauigkeit den Boden ab, um ja keine Spuren zu hinterlassen. Schon zwei Minuten später verließen sie wieder einzeln den Garten und zerstreuten sich im Städtchen.
Als Letzte schlüpfte das Bundesbaby durch die Gartenpforte. Sie warf einen vorbereiteten, nur mit Handschuhen angefaßten, Briefumschlag in den Kasten.
Kaum war sie in die nächste Seitenstraße eingebogen, als sie auch schon den Sirenenton des Polizeiautos hörte. Das Hausmädchen hatte sich kurz vor Beendigung der Geister-Party in eine Nachbarvilla geflüchtet und von dort aus die Polizei verständigt. Im Revier hielt man die Anruferin für verrückt. Sicherheitshalber legte man aber dann doch das Gespräch zur Kriminalabteilung. Kanthuber nahm, karpfend, die wirren Reden des Hausmädchens entgegen und sah zunächst etwas verstört und verständnislos ins Leere. Auf einmal zündete ein Funke. Ein wilder Schrei ließ die Mitarbeiter auffahren. »Das sind die Fünf, bestimmt, das sind die Fünf! Rasch, rasch den Polizeiwagen!«
Er stürzte hinaus, klemmte seinen massigen Körper neben den Fahrer. So jagten sie der Villa Schilderknecht entgegen.
Schon kurz vor dem Einbiegen in diese stille Gartenstraße be-

gann der Himmel seine Schleusen zu öffnen. Das Gewitter entlud sich mit elementarer Gewalt. Blitze zuckten. Hinterher sofort krachende Donner. Das Wasser sprang vom Asphalt hoch. An den Straßenrändern rauschten ganze Bäche. Mit Weitsprüngen, die man dem Kommissar kaum zugetraut hätte, setzte er über Pfützen hinweg und läutete Sturm an der Villa. Zwei Polizisten folgten ihm mit eingezogenen Weißmützen.
Eine völlig zerschmetterte Frau Schilderknecht öffnete mit ängstlicher Vorsicht einen Spalt die Türe. Befreit atmete sie auf, als sie — statt neuer Geister — die tropfnassen Polizeimannen erkannte. Vom Hausmädchen endlich aus der unheimlichen Gefangenschaft erlöst, drängten sich die Klatschbasen im Vorplatz zusammen. Sie schienen die Sprache verloren zu haben. Dann aber überschütteten sie alle gleichzeitig Herrn Kanthuber mit einem Schwall durcheinanderwirbelnder Sätze, die in ihrer Rasanz dem Schäumen der Rinnsteinbäche und dem Prasseln des Regens in nichts nachstanden.
Abwehrend hob der Kommissar seine riesigen Pranken. Fast fünf wertvolle Minuten gingen im Wellenschlag des geschwätzigen Durcheinanders unter, bis es Kanthuber gelang, von Frau Schilderknecht allein eine hastige aufgeregte Schilderung des Geistereinbruches zu erhalten.
Dazwischen ließen immer wieder furchtbare Donnerschläge die Wände erzittern und der Chor der verängstigten Weiber schrie auf.
Kanthuber tippte nun erst recht auf die Fünf. Niemand anderes konnte sich so etwas ausdenken. Und wie immer, kein Verbrechen. Nur ›grober Unfug‹. Was gingen ihn eigentlich diese Geisterimitatoren an? Aber er hatte es nun einmal auf die Fünf abgesehen und nur eine Aufdeckung dieser Bande konnte seine angeknackste Ehre retten.

So ließ er sich von Frau Schilderknecht einen Schirm leihen und durchwatete den Garten. Ja, man mußte sagen, ›durchwatete‹. Das Gras stand beinahe unter Wasser. Von Spuren infolgedessen keine Spur. Nur die völlig vom Regen abgewaschene Kiste ohne besondere Kennzeichen. Den Verlauf der Aktion konnte er so ungefähr rekonstruieren. Auch daß ein Tonband im Spiele war, mußte als sicher angenommen werden.

Ins Haus zurückgekehrt, wurde er von einem Polizisten mit einem Brief überrascht, der — mit Maschine geschrieben — folgendes kleine Gedicht enthielt:

Laßt Ihr die bösen Reden sein
Und stellt Ihr Euer Klatschen ein,
Könnt Ihr in Ruhe Kaffee trinken —
Es werden keine Geister winken.

Verschließt Ihr Euch jedoch der Bitt'
Seid überzeugt: Der Geist hört mit!
Und plötzlich wimmelt's an den Fenstern
Von grabentstiegenen Gespenstern!

Sei's nun im Guten — sei's im Schlechten,
Stets wachsam sind: Die Fünf Gerechten!

»Also doch . . . also doch . . .«, knurrte befriedigt Kommissar Kanthuber. Seine Schnelldiagnose war richtig. Er würde sie finden, einmal würde er sie finden. Sicher war auch dieser Zettel mit der gleichen Schreibmaschine geschrieben, wie die Meldung über den gefangenen Räuber.

Kanthuber las dem immer noch verscheuchten Hühnerhof das Gedichtlein vor. Man merkte den Damen die Erleichterung an.

Denn trotz ihrer gegenseitigen Versicherung, daß sie von Anfang an nicht an echte Geister geglaubt hätten, bewies das befreite Plaudern, welches der Verlesung folgte, wieviele dennoch insgeheim geistergläubig waren.
Die Presse brachte nichts über den mysteriösen Vorfall.
Die Damen hüteten sich, ihre Blamage an die große Glocke zu hängen, und die Polizisten wollten sich erst recht nicht als Hexenjäger in den Spalten wiederfinden.
Die Fünf rieben sich die Hände vor Vergnügen.
Ulli wurde beauftragt, von jetzt an besonders wachsam die Gespräche des Kaffeekranzes zu belauschen.
Unsere Fünf aber mußten am darauffolgenden Dienstag ihren ganzen Geistreichtum einsetzen, um der letzten, besonders schweren französischen Schulaufgabe Herr zu werden.
Hier kam nirgends Hilfe aus dem Reich der Geister!

STOP — DEM DAUERREDNER!

Ein strahlender Sonntagmorgen folgte auf die Gewitternacht. Die Erde dampfte. Blätter und Rasen zeigten frischgewaschen ihr schönstes Grün.
Frau Elli hatte heute keinen Gefühlsausbruch ihres Gatten zu fürchten. Kanthuber, kurz zuvor dem Bade entstiegen, saß strahlend wie der junge Tag beim Frühstück und köpfte mit Bedacht sein Ei.
»Diesmal kriege ich die Fünf«, sagte er zufrieden. »Endlich haben diese Superschlauen einige Fehler gemacht. Diesmal schwimmen sie mir ins Netz.«
Er salzte so heftig dabei sein Ei, als gälte es bereits in diesem Augenblick, der jugendlichen Bande die Suppe zu versalzen.
»Hast du wirklich eine Spur?« fragte Frau Elli und ließ unwillkürlich einen bedauernden Ton mitschwingen.
Kanthuber aber war viel zu gut gelaunt, um dies zu merken.
»Eigentlich ist es ja Dienstgeheimnis«, fuhr er fort, »aber als Frau eines Kriminalbeamten weißt du ja, daß über schwebende Ermittlungen nichts ausgeplaudert werden darf. Ich kann mich doch auf dich verlassen . . .? Also wir haben zunächst einmal die Kiste, die der Teufelsgesellschaft als Treppe zum Fenster gedient hat. Doch wird sie uns nicht allzu viel helfen. Der verdammte Platzregen sorgte für gründliches Abwaschen. Aber der Brief ist ja in unseren Händen! Gestern abend habe ich noch einwandfrei festgestellt, daß er mit der gleichen Maschine geschrieben wurde, wie das Schreiben mit den Angaben über den Hand-

taschenräuber. Das ist schon ein Mosaiksteinchen in unserem polizeilichen Zusammensetzspiel. Bei weiterer Überprüfung aller Schulmaschinen werden wir vielleicht auf diesem Wege zum Ziel kommen. Doch etwas viel Besseres ist mir in die Hände gefallen. Die okkultistische Schrift. Das unbekannte Mädchen, sicher eine aus dem gestrigen Geisterreigen, hat sie der Schildknechtin aufgeschwätzt. Mit Fingerabdrücken wird zwar nichts zu machen sein, weil der gesamte Kaffeekranz sich darauf verewigt hat. Aber morgen werde ich unsere drei Buchhandlungen abklappern. So ein Mistheftchen, voll von erfundenen Geistergeschichten, wird nicht alle Tage gekauft. Bestimmt kann sich ein Buchhändler oder seine Gehilfin an den Käufer erinnern. Habe ich Glück, so sagt man mir sogar gleich den Namen. Hier kennt ja jeder jeden. Und dann glüht die Spur!«

Kanthuber schwappte sein weiches Ei mit einer einzigen Bewegung in seinen so viel gelästerten Rachen.

»Na ja, nun mal zu«, sagte Frau Elli pflichtschuldigst. Insgeheim hoffte sie, daß man die ›sympathischen Fünf‹ niemals entdecken werde.

Oberstudienrat Dr. Emmerling galt als besonderer Experte auf historischem Gebiet. Das Direktorat bezeichnete dies als ein großes Glück für das Parsivalgymnasium. Die Schüler dagegen sahen darin ein Unglück für Schule und Schüler. Mindestens einmal im Monat hielt der kleine Oberstudienrat einen Vortrag — mit oder ohne Lichtbilder — über irgendein geschichtliches Thema. Mit Vorliebe sprach er über die jeweilige Beziehung des historischen Geschehens zu Oesterlingen. Eine Probe seines ›Beziehungswahnes‹ — wie es Bertl nannte — hatte er ja wieder anläßlich der Eschenbach-Kopffeier abgelegt.

Nun hätte er von den Schülern aus reden können, so oft er wollte, so lange er wollte, wie er wollte und über was er wollte.

Es gab immerhin in jeder Klasse einige Musterschüler, die zusammen mit den geladenen Bürgern bereit waren, seine endlosen Tiraden über sich ergehen zu lassen. Das Dumme an der Sache war nur, daß das Direktorat und nahezu alle Lehrer die Aufforderung zum Besuch dieser Abende so drängend vorbrachten und durch Verwendung des jeweils dargebotenen historischen Stoffes bei mündlichen und schriftlichen Prüfungen in einer Weise zur Notwendigkeit machten, daß es einem glatten Zwang gleichkam.

Gut! Bei spannendem, kurzen Vortrag mit guten Bildern hätte man das in dem ereignislosen Oesterlingen noch ertragen können. Aber Dr. Emmerling dehnte seine Vorträge meist über 1½ Stunden aus, las monoton vom Manuskript ab und verwendete das Bildmaterial sehr sparsam.

Proteste der Schüler und Einwände einiger weniger Lehrer waren bisher erfolglos geblieben. Störungen durch rhythmisches, zuvor eingeübtes Gruppengähnen hatten den Langredner keineswegs beeindruckt. Vielleicht wären sogar der Rektor mit allen Kollegen im Grund froh gewesen, wenn diese uhuartig hinausgezogenen Abende nicht mehr stattgefunden hätten. Doch die Stellung Dr. Emmerlings in Stadt und Schule war derart gefestigt, daß niemand gegen ihn anzugehen wagte.

Es war daher naheliegend, daß bei der Siegesfeier in Sonjas ›Höhle‹, die dem gelungenen Geisterreigen galt, die findige Claudia das Gespräch auf den bevorstehenden Vortrag Dr. Emmerlings brachte und man sich ernstlich über eine durchgreifende Stop-Aktion Gedanken machte.

»Wir haben nur noch wenige Wochen bis zum Schluß des Schuljahres«, begann Sonja, »und ich gehe wohl nicht fehl in der Annahme, daß unser Bund nach den großen Ferien nicht mehr bestehen wird. Conny geht an eine technische Fachschule außerhalb Oesterlingens, Hel, mit seiner Begeisterung für Gloria, wird allmählich auch ein wackliger Kandidat und — alles in allem — werden wir zu alt, um in der Oberstufe noch in dieser Form weiterzumachen. Schön war's — und gut getan hat's ebenfalls so manchem Bürger. Aber einmal muß Schluß sein. Also unbedingt noch die eine oder andere Abschlußaktion.«

Hel protestierte lebhaft. Er versprach, mit all' seinen Kräften bei der Bundesarbeit mitzuwirken. Sein Flirt mit Gloria werde sich höchstens als günstig erweisen, weil er ihm neuen Schwung gäbe. Gloria habe keinen Schimmer davon, daß er ein Fünfer sei. Aber er teilte mit Bertl die Gedanken Sonjas über die bevorstehende Auflösung ihrer Gruppe. Man werde auch ohne solche Bindung im kommenden Schuljahr gute Freundschaft halten.

Nur Claudia zeigte sich tief enttäuscht. Der Fünfzehnjährigen machte das alles einen Riesenspaß.

»Du kannst ja im nächsten Jahr eine eigene Pfote aufmachen, dir vier neue Finger anwerben und dich zur Bandenchefin aufschwingen. Die tollsten Pläne waren ja sowieso von dir.«

Claudia ärgerte sich über diese spöttische Bemerkung Bertls.

»Ach, ihr seid ja blöd«, schmollte das Bundesbaby. »Ohne euch freut mich der ganze Zirkus nicht mehr!«

»Das ist ja in dieser Stunde alles noch nicht spruchreif«, warf Sonja abschließend ein. »Jetzt kommt es in erster Linie darauf an, daß wir unser Streichorchester mit einigen kräftigen Akkorden ruhmreich zu Ende führen. Also beraten wir zunächst einmal, wie wir gegen den Redefluß Dr. Emmerlings einen Staudamm aufrichten.«

Claudias schon früher gemachter Vorschlag mit der Weckeruhr unterm Rednerpult wurde zwar als ›alter Hut‹ bezeichnet, konnte aber für eine Anfangsaktion durchaus in engere Wahl kommen.

»Wir müssen einen Stufenplan aufstellen«, meinte Bertl. »Wie ich Dr. Emmerling kenne, sieht er im Weckerschrillen nur einen Dummenjungenstreich. Kurze Unterbrechung. Entfernung des mechanischen Störenfriedes. Einige ärgerliche Worte in die Versammlung. Weiter fließt der zähen Rede Strom. Es ist notwendig, immer kraftvollere Stromunterbrechungen einzuschalten. Sonst hört er nicht auf. Er muß ganz aus dem Konzept gebracht werden. Es muß zu einem wirklichen Skandal kommen, wie damals bei der Kopf-Feier. Dann ist er tief beleidigt — und straft Schüler und Lehrer mit einer längeren Vortragspause in den kommenden Monaten. Somit wäre unser Ziel erreicht und im neuen Schuljahr sind wir die lästigen Uhu-Abende los!«
Nach zweistündigen, teils sehr lebhaften und kontroversen Beratungen hatte man sich auf eine ganze Reihe sich immer mehr in ihrer Wirkung steigernden Störaktionen geeinigt. Den Anfang sollte tatsächlich die harmlose Weckeruhr machen.
»Schade ist nur«, brummelte Conny vor sich hin, »daß bei so einem internen und im Grunde etwas kindlichen Schülerstreich Kommissar Kanthuber nicht hinzugezogen werden kann. Ich habe ihn gestern wieder durch die Hauptstraße karpfen sehen. Er wird immer massiger. Man sollte ihn eben doch bis zur Auflösung der Fünf in Schwung halten.
Nach der üblichen Rollenverteilung durch Sonja löste sich die Ratsversammlung auf.
Das Publikum in der Aula der Parsivalschule fieberte dem Beginn des Vortrages bestimmt nicht entgegen. Alles schrie und lachte durcheinander. Einige Optimisten hegten die vage Hoffnung, daß Dr. Emmerling wegen Erkältung absagen würde.
Ab der 9. Klasse war alles versammelt, was keinen plausiblen Grund zum Schwänzen gefunden hatte.
In den vordersten Reihen hatten die Lehrer Platz genommen.

In der Mitte des Saales stand schußbereit der Bildprojektor. Er wurde von einem strebsamen Jüngling der 11. Klasse bedient. Die Fünf saßen auf getrennten Plätzen. Jeder kauerte sprungbereit an seinem ›Einsatzort‹. Hel neben dem Bildwerfer, Conny bei der großen, zweiflügeligen Ausgangstüre, Claudia und Sonja durften getrost ihre Stühle nebeneinanderrücken. Ihre Freundschaft war stadtbekannt und man sah sie auch sonst stets zusammen.

Bertl hatte vorne voll Eifer beim Aufstellen des Rednerpultes geholfen. Daß er dabei seine ›Aufgabe‹ erfüllt und den leise tickenden Wecker auf das breite Bücherbrett unter dem Pult gestellt hatte, war niemandem aufgefallen. Nach Vollzugsmeldung in Richtung Sonja, durch Heben der fünf Finger, schlenderte er schlaksig zur Mitteltüre und ließ sich in Connys Nähe nieder. Auch Hel gab durch Heben der Hand die erfolgte Durchführung seines Auftrages zu erkennen. Während der eifrige Schüler an seinem Projektor herumbastelte und probeweise Lichtbündel zur Bildwand sandte, war es für Hel ein leichtes gewesen, sein wohlpräpariertes Farbdia zwischen die bereitgestellten Glasbilder zu schmuggeln.

Bertl und Conny, die Türhüter, sollten erst später in Aktion treten und im Schutze der Dunkelheit den Saal verlassen. Ihr Part bei dem Unternehmen ›Rednerstop‹ war besonders riskant und bildete den Höhepunkt und Abschluß der ganzen Aktion. Im Anschluß daran erwartete man die Kapitulation des Dauerredners. Dagegen blieb für die beiden Mädchen nur ein bescheidener Beitrag, der aber dennoch wichtig war: Sie mußten im entscheidenden Augenblick schreien, kreischen, quietschen, was besonders Claudias Temperament entgegenkam.

Die Turmuhr schlug 8 Uhr. Der Direktor, ein Fanatiker der Pünktlichkeit, betrat den Saal. An seiner Seite Dr. Emmerling, verheißungsvoll lächelnd, als sei er bestimmt, die Türe in ein Weihnachtszimmer zu öffnen.

Mit dem langsam ersterbenden Geschwätz sank auch die letzte Hoffnung auf ein Ausfallen des Vortrages. Resigniert räkelten sich die jungen Leute auf ihren Plätzen zurecht, bereit, $1^1/_2$ Stunden vor sich hinzudösen.

Nur die im Saal verteilten Fünf waren quicklebendig und wollten dafür sorgen, daß auch die anderen Schüler und viele gelangweilte Lehrer heute auf ihre Kosten kamen.

Dr. Emmerling, dieser Gummiball von Statur, schwang sich elastisch hinter das Rednerpult, stemmte sich an den Kanten hoch und genoß mit schweifendem Blick das Stillewerden im Saal.

Dann nannte er sein Vortragsthema, das ja allen vom Schwarzen Brett der Schule her und aus der Presse hinlänglich bekannt war: Der Wiener Kongress 1814—15 aus dem Blickwinkel eines zeitgenössischen Oesterlinger Bürgers.

Man hätte nun erwarten können, daß er etwa einen behäbigen Bürger Oesterlingens phantasievoll schildern würde, der pfeifenrauchend die Zeitung liest oder mit einem gerüchteschwangeren Nachbar über die Fürstenversammlung in Wien plaudert, schimpft und lacht. Leider aber verfügte der Oberstudienrat zwar über ein großes Wissen, aber Phantasie war bei ihm Mangelware. So sagte er nur immer wieder: »Von Oesterlingen aus gesehen, stellt sich die Sachlage in Wien ungefähr so dar«, und gab daraufhin eine trockene Aufzählung geschichtlicher Ereignisse. Oder: »Oesterlingen berührte es wohl kaum, wenn . . .« und schon war er ganz bei den Verhandlungen der Staatssekretäre und Minister. Als er kurz auf den Film ›Der Kongress tanzt‹ zu sprechen kam, erschien ihm das offenbar wie eine unerlaubte Entgleisung. Er lachte, als hätte er einen guten, wenn auch nicht ganz geziemenden Witz gemacht. Die drei vorderen Bankreihen mit Gästen und Lehrern bestückt, fielen gehorsam in das Lachen ein. Die Schüler und Schülerinnen zogen gelangweilt die Mundwinkel herunter.

Der Vortrag rollte weiter. — 20 Minuten waren vergangen. Die Fünf saßen auf ihren Stühlen wie auf Kohlen. Nach 25 Minuten sollte die erste Mine hochgehen: Das Rasseln des Weckers. Sie sahen auf ihre Uhren. Die Minuten schlichen träge dahin.

Eben widmete Dr. Emmerling der Geheimdiplomatie einige Sätze und versuchte durch Dämpfung seiner Stimme das Geheime dieses Vorgangs lautmalend zu veranschaulichen. In diesem Augenblick sah Bertl von seiner Armbanduhr auf und hob seine fünf Finger in die Höhe.

Und genau so, als hätte er durch Funk die Auslösung bewerkstelligt, schrillte unter dem Rednerpult der ordinäre Küchenwecker los, wobei das nach vorne abgeschlossene Bücherbrett wie ein Schalltrichter wirkte.

Der Redner hüpfte entsetzt zurück. Er glich einem vielfach aufhopsenden Fußball. Man sah, daß sein Mund sich wiederholt öffnete und schloß ... aber das Rasseln verschlang jeden Laut.

Im Saal sprangen einige auf, vor allem der Rektor, dessen dröhnendes »Unerhört so was — unerhört!« den Wecker übertönte.

Der Hausmeister, der auf seinem Dienstplatz neben der Tür geschlafen hatte, fuhr hoch, war mit wenigen Sprüngen auf dem Podium, holte das nun endlich schweigende Küchenungetüm unter dem Pult hervor und hob es, für alle sichtbar, in die Höhe.

Diesen Augenblick benutzte — verabredungsgemäß — Claudia, um künstliche Empörung zu mimen.

»Kindereien so etwas«, schrie sie im garstigsten Falsett, »das wollen Gymnasiasten sein?!«

Sie ließ gerne allerlei wütende Ausrufe über sich ergehen, denn die ganze Schülerschar hatte ihre Freude an dem Weckruf gehabt und ärgerte sich über das tugendhafte Gehabe Claudias. Der Zweck, jeden Verdacht von sich abzulenken, war jedenfalls erfüllt.

Nachdem die Wellen im Saal eine Zeitlang wild hin- und hergewogt, gebot der Direktor, der eifrig gestikulierend mit dem Redner verhandelt hatte, mit seiner Donnerstimme Ruhe und erklärte, daß der Vortrag fortgesetzt werde und solch eine kindergartenmäßige und gymnasiastenunwürdige Störung sich selber richte.

Die Fünf Finger grinsten sich an.

Hel lächelte spitzbübisch. Er hatte seinen Platz gewechselt und saß nun in größerer Entfernung vom Projektor. Die blitzschnelle Manipulation, der Austausch eines Dias mit einem anderen, war voll gelungen. Er konnte ebenso tatenlos der Dinge harren, die da kommen mußten, wie zuvor Bertl.

Der Vortrag plätscherte weiter. Da der Redner nicht vom Konzept loskam, blieb ihm der Blick in aufgerissene Rachen erspart. Er sah nicht die verdrehten Augen mit dem Schlaf kämpfender Bürger, und sogar das wiederholte Blinzeln des Direktors auf die Armbanduhr drang nicht in seinen Gesichtskreis. Es entsprach also keineswegs einem Akt der Einfühlsamkeit, sondern war lediglich eine vorgesehene Zäsur im Manuskript, wenn er nun plötzlich abbrach und eine Lichtbilderfolge ankündigte, die — wie er sagte — das bisher Besprochene illustrieren und überhaupt alles etwas auflockern solle. Bei dem Verb ›auflockern‹ glaubte er wieder einen nahezu unziemlichen Witz gemacht zu haben und lachte in kurzen Stößen, in der üblichen Koketterie des Redners. Gehorsam lachten die beiden vorderen Bänke mit.

»Seine Bestrafung ist überfällig«, flüsterte Bertl dem dicken Conny ins Ohr.
»Es kann sich nur noch um Minuten handeln, dann wird ihm das Lachen vergehen«, gab Conny leise zurück.
Der Hausmeister knipste die Lichter aus. Der Musterschüler ließ den Bildwerfer aufflammen. Der Redner faßte den Zeigestock, der ihn um Kopfeslänge überragte.
Der Aufmarsch all' der Gebäude, die beim Wiener Kongress eine Rolle gespielt hatten: moderne Fotos, alte Kupferstiche und Gemälde. Das alles wirkte kaum reizvoller als der Vortrag. Es folgten die Köpfe des österreichischen Kaisers, der verschiedenen Könige, des russischen Zaren und des Fürsten Metternich.
Ebenso langgezogene wie ungezogene Gähnlaute unterbrachen die monotone Benennung der erlauchten Häupter.
Wütend stieß Dr. Emmerling mit dem Zeigestab dreimal auf den Boden des Podiums.
»Kinder, benehmt euch doch nicht so unanständig!« Hel war es, der diesen alibihaften Tugendruf ausstieß.
Und dann kam der große Augenblick!
Dr. Emmerling, der in der Regel nicht auf die Bilder sah, sondern die Beschreibung der numerierten Dias von seinem, durch einen dünnen Pultleuchtstab erhellten Manuskript ablas, verkündete mit pathetisch erhobener Stimme: »Hier sehen sie ein zeitgenössisches Gemälde. Es stellt die wichtigsten Männer des Wiener Kongresses an einem runden Tische dar, lebhaft debattierend: links der Zar, dann . . . nein!« Weiter kam er nicht. Der ganze Saal brach in brüllendes Lachen aus, das orkanartig anschwoll.
Emmerling wurde von dieser Welle des Gelächters geradezu herumgerissen. Wie angenagelt starrte er — jeden Lautes unfähig — auf die Bildwand. Dort sah man eine muntere ober-

bayerische Bauerngruppe mit Jägerjoppen, grünen Gamsbarthüten, hager oder vollbärtig, lange Pfeifen in den herabgezogenen Mundwinkeln, um einen runden Tisch versammelt. Sie stießen mit Maßkrügen an. Es handelte sich um eine Urlaubsaufnahme von Bertls Vater, gelegentlich geschossen, die von Hel eingeschmuggelt worden war. Diesem war es schon Tage zuvor gelungen, die Titel der geplanten Bildreihe unauffällig bei dem harmlosen Musterschüler einzusehen.
Der Saal konnte sich gar nicht mehr beruhigen. Das gelangweilte junge Publikum übertrieb im Schutz der Dunkelheit das Lachen bis zur Maßlosigkeit. Es wurde gewiehert, taktmäßig gemekkert, gebrüllt. Ja, einige jodelten ganze Tonleitern hinauf und hinab.
Der Hausmeister taumelte nach dem Schalter. Die Kronleuchter flammten auf.
Der Schüler, dem der Projektor anvertraut war, ließ den Lichtkegel zusammenfallen, entfernte den gläsernen Fremdkörper und suchte — Schweißperlen auf der Stirne — nach dem echten Kongreßbild. Er fand es nirgends. Hel hatte es nämlich ganz vorne unter die Baulichkeiten geschmuggelt.
Der Rektor fuchtelte wild mit den Armen in der Luft herum. Was er brüllte, verstand man zunächst nicht. Auch das wütende Stampfen Dr. Emmerlings, begleitet von verzerrten Mundbewegungen, blieb ein Veitstanz ohne Worte.
Langsam ebbte das Lachen ab. Und jetzt vernahm man den direktionslosen Wutausbruch des Redners: »Das ist Sabotage! Das ist eine kindische, ausgeklügelte Gemeinheit! Ich hätte Lust den Vortrag abzubrechen! Wenn ich es nicht tue, dann nur . . .!«
Da bereits bei den Worten »Vortrag abbrechen . . .« brausender Beifall einsetzte, der unglückselige Redner dieses Klatschen und Trampeln aber auf die Ankündigung seiner großmütigen Be-

reitschaft zur Fortsetzung seines Vortrages bezog, fühlte er sich vom Wohlwollen der Mehrheit getragen und begann aufs neue mit dem Ablesen seines Manuskriptes. Nur die Lichtbildreihe wagte er nicht mehr fortzuführen, denn wer gab ihm die Gewähr, daß nicht — von bösartiger Schülerhand gezeichnet — seine eigene Kugelgestalt als kleiner Napoleon auf der Leinwand erscheinen werde?

Inzwischen war es 9.15 Uhr geworden. Trotzdem konnte man erkennen, daß noch eine Menge Manuskriptblätter vor dem Redner lagen.

Die Fünf verständigten sich gegenseitig mit dem üblichen Gruppenzeichen. Der Redner hatte seine Chance, rechtzeitig aufzuhören, versäumt. Unerbittlich mußte nun die dritte Stufe der Aktion eingeleitet werden. Sie würde das sichere Ende bedeuten.

Von dem breiten Rücken eines ahnungslosen Kameraden verdeckt, schlüpfte Bertl zur Türe hinaus. Conny stand in Bereitschaft.

Drei Minuten später schrillte die Schulglocke — kurz lang, kurz lang, kurz lang — als Feueralarmzeichen unheimlich durch das Haus. Im gleichen Augenblick erlosch das Licht. Bertl hatte unten in der Hausmeisterwohnung, die unvorsichtigerweise bei solchen Gelegenheiten stets unverschlossen blieb, den Klingelknopf betätigt und die Hauptsicherung ausgeschraubt.

Conny, der im Schutze der Dunkelheit ebenfalls den Saal verlassen hatte, brüllte auf der Treppe aus Leibeskräften: »Feuer, Feuer!« Im Saale selbst nahmen Sonja und Claudia — wie vorgesehen — den Schrei auf und kreischten mit sich überschlagenden Stimmen: »Hilfe! Es brennt!«

Der Tumult, der im Saale ausbrach, war unbeschreiblich. Ein Glück, daß der gutmütige Bertl im selben Augenblick die Sicherung wieder einschraubte und Licht die Szene erhellte. Es wäre sonst beim wilden Hinausstürmen der Schüler, der Gäste und Lehrer zu einer Katastrophe gekommen.

Der arme Dr. Emmerling geriet in die Druckwelle der gestauten Massen und quietschte nun wirklich wie ein gedrückter Gummiball.

Bertl und Conny hatten das Gymnasium verlassen und sahen voll Vergnügen, in einer gegenüberliegenden, dunklen Hausnische verborgen, wie die Gymnasiumspforte eine erregte, aber immer mehr lachende Menge ausspie.

Wohl hatte man inzwischen gemerkt, daß man der dritten Phase eines Bubenstreiches aufgesessen war.

Aber es gab keine Möglichkeit mehr, den entfesselten Strom aufzuhalten.

Es gab aber auch keine Möglichkeit, den gedemütigten Redner zu beruhigen.

»Nie ... nie ... nie mehr werde ich hier einen Vortrag halten«, heulte er und stieß die geballten Fäuste nach unten.

Diese Beteuerung wurde von den umstehenden Schülern und Lehrern gehört.

Es erübrigt sich wohl hinzuzufügen, daß darüber — außer bei dem Redner selbst — eitel Wonne herrschte.

Die Fünf hatten wieder einmal ihr Ziel erreicht.

Die Ungnade Dr. Emmerlings wurde vom ganzen Parzivalgymnasium als unverdiente Gnade empfangen.

EIN KAPITALHIRSCH BLEIBT AUF DER STRECKE

Breit und massig stand Kanthuber vor der zierlichen, blonden Verkäuferin in Gingers Buchhandlung. Als er gar noch seinen Polizeiausweis zückte, erschauerte das krimigefütterte Mädchen geradezu unter der Bedeutsamkeit dieser Erscheinung.
Sie war glücklich, ihm dienen zu können. In der Tat — sie erinnerte sich noch an den Verkauf des okkultistischen Heftchens. Es werde fast nie verlangt, erklärte sie und deshalb wisse sie ganz genau, daß es ein ziemlich kräftiger, junger Mann gewesen sei, der diese Schrift vor etwa 10 Tagen erstanden habe.
Kanthuber ließ sich den Käufer näher beschreiben. Aber die nichtssagende Schilderung des geistersüchtigen Jünglings, erwies sich als unnötig. Eine zweite Verkäuferin trat hinzu und wußte ganz genau, es war der Gehilfe des Schreinermeisters Endres.
Kanthuber triumphierte. Er hatte sich also doch nicht verrechnet. Jeder kannte jeden in diesem kleinen Nest.
Mit einem Dankeschön verließ er karpfend den Laden, um geradewegs zu seinem Skatbruder zu fahren. Er überhörte dabei, daß ihm die zweite Verkäuferin nachrief, es sei dieses Heftchen gestern noch einmal von einem Mädchen gekauft worden, das ihr allerdings völlig unbekannt sei.
Kanthuber sah sich direkt vor dem Ziel. Vielleicht war dieser Schreinergeselle das Haupt der Bande. Weshalb auch nicht? Gerade das biedere Dach des völlig unverdächtigen Schreiners und seiner Familie konnte als günstige Tarnung für den Räuberhauptmann und seine Kumpane dienen.

Grimmig lachte Kanthuber vor sich hin, als er vor dem Endres-Haus parkte. Das wäre der beste Witz, wenn das Nest der Fünf ausgerechnet bei seinem Freunde aufgedeckt werden könnte!
Claudia öffnete ihm. Sie trug einen ziegelroten Hosenanzug, der ausgezeichnet zu ihrem hellen Haar paßte.
Kanthuber ließ ein freundliches Schnauben vernehmen. Er verwechselte das verschmitzte Lächeln Claudias mit Koketterie, die sie ihm — als dem Freund des Hauses — zudachte. Er fragte nach dem Gesellen Franz.
Das Lächeln des Mädchens vertiefte sich, zumal sie zusammengerollt in Kanthubers gewaltiger Linken das Heftchen sah, das sie vor kurzem Frau Schilderknecht überreicht hatte.
Der Kommissar, von dem liebenswürdigen Mädchen in die Werkstatt geleitet, versuchte mit einem Überrumpelungstrick sein Ziel zu erreichen.
Er schoß auf Franz zu und warf ihm den Satz »Sie sind einer von den Fünfen«, wie einen nassen Lappen ins Gesicht.
Die Reaktion des Angegriffenen enttäuschte ihn aufs tiefste. Da war kein Erröten und Erblassen. Nur ein breites Grinsen.
»Was verschafft mir das Glück solch' polizeilicher Annahme?« sagte er und bediente sich einer Redewendung, die dem Stil Claudias entsprach.
Kanthuber lief kirschrot an.
»Werden Sie nicht frech, junger Mann«, fauchte er, »es steht einwandfrei fest, daß Sie es waren, der dieses Heftchen einen Tag vor der Geistergeschichte gekauft hat.«
Er hielt ihm die Schrift vor die Nase.
»Und dann haben Sie es Ihrer Komplizin gegeben, die es Frau Schilderknecht überbracht hat.«
Claudia, die hinter ihm stand, war am Zerplatzen.
»Was gehen denn mich Ihre Geistergeschichten an?« murrte

Franz. »Ich interessiere mich eben für Okkultismus und deshalb habe ich die Schrift gekauft.

»Ja, Franz hatte schon immer eine Schwäche für unheimliche Erscheinungen«, warf Claudia ein, »ich habe ihn oft deshalb ausgelacht.«

»Dann müßte das Heft ja noch in Ihrem Besitz sein«, fuhr Kanthuber den Schreinergesellen an, der lässig an der Hobelbank lümmelte. »Aber natürlich sagen Sie nun, sie hätten es verbrannt oder verschenkt. Das kennt man schon.«

»Ich habe es weder verbrannt noch verschenkt. Es liegt droben, neben meinem Bett. Es eignet sich ja besonders als Gutenacht-Lektüre.«

»Wir können ja einmal nachschauen«, sagte Claudia und zeigte ihr schönstes Grübchen.

Sie führte den Kommissar in Franzens Zimmer. Richtig! Da lag die Schrift aufgeschlagen auf dem Nachttisch.

Kanthuber knurrte und brummte wütend vor sich hin. Wieder einmal auf falscher Fährte!

»Wenn Sie ein wenig warten, Herr Kanthuber, dann kommt mein Vater und lädt sie zu einem Schoppen ein.«

Doch der enttäuschte Kommissar wollte davon nichts wissen. Er lüpfte seine Mütze und schenkte Claudia ein gequältes Lächeln. Gleich darauf hörte man das garstige Krachen seiner zornigen Fehlschaltungen.

Franz und Claudia absolvierten in der Werkstatt ein heiteres Lachduett.

»Du bist doch ein toller Käfer, Claudia«, sagte Franz anerkennend, »wenn du nicht durch die in Oesterlingen unbekannte auswärtige Schülerin ein zweites Heft hättest kaufen und in mein Zimmer legen lassen . . . wäre es diesmal brenzlich geworden.«

»Ja«, meinte Claudia, »mit uns Fünfen wird keiner fertig. Schade, daß wir zum Schulschluß unseren Bund auflösen.«
Nach einer regenreichen, erfrischenden Zwischenperiode glutete erneut die Hitze wie ein Zeltdach über dem Städtchen. In der Schule waren die entscheidenden Prüfungsschlachten geschlagen. Die Schüler dösten der vierten Stunde entgegen, deren Ende fast täglich ›hitzefrei‹ brachte.
Die Lehrer — am Träumen gesetzlich verhindert — versuchten mit müden, althergebrachten Redewendungen die Schüler davon zu überzeugen, daß auch diese letzten Wochen noch sehr wichtig seien, vor allem im Hinblick auf das kommende Jahr. Da sie aber selbst ihre Mahnungen nicht ernst nahmen, glitten die Worte an den Schülern ab wie Wasser am Gefieder einer Gans.
Die Untersuchungen im Falle ›Rednerstörung‹ verliefen völlig im Sand. Die Hitze tat das ihrige, um den detektivischen Eifer des Direktors und des Hausmeisters zu bremsen.
Allerdings hätte nicht viel gefehlt und Gloria wäre der Sache auf die Spur gekommen. Hel war ja bis über beide Ohren in sie verliebt. Täglich steckten die beiden beisammen. In seinem Bestreben, vor ihr recht männlich zu erscheinen, war er nahe daran gewesen, sich zu verplappern. Er merkte selbst, daß er zu weit gegangen war und lenkte Gloria blitzschnell ab, indem er ihren Modeschmuck bewunderte. Nur der Eitelkeit Glorias und den bekannt langsamen Reaktionen ihres ›Strohschobers‹ waren es zu verdanken, daß sie zuletzt doch nichts merkte.
Die Jugend verbrachte nun ganze Nachmittage im Schwimmbad. Das Becken war dem Ansturm kaum gewachsen. Man sah ein einziges Spritzen, Quirlen und Schäumen, ein Strampeln, Tauchen und krampfhaftes Versuchen, irgendwo noch eine freie Stelle zu finden, wo man hineinspringen konnte. Bertl galt als

anerkannter Rekordschwimmer, und die rassige, schlanke Sonja erregte Bewunderung mit ihren Sprüngen vom hohen Brett. Das Bundesbaby konnte hier nicht so recht mithalten, mußte viel von der warmen Brühe schlucken und lag daher lieber in der Sonne oder unter den weißroten Schirmen, wo ein Schwarm von Bewunderern sie umgackerte.

Hel verzog sich mit Gloria meist in weniger besiedelte Ecken.

Conny pumpte seine breite Brust voll Luft und tauchte unter dem Gewimmel nackter Leiber hindurch. Die Fünf Finger durften in der Badeanstalt getrost nebeneinander liegen. Nicht einmal das geübte Kriminalauge Kanthubers hätte hier eine verdächtige Ansammlung entdecken können.

So mußte die Besprechung, die der Planung des letzten Aktes ihres Auftretens dienen sollte, in Sonjas ›Höhle‹ stattfinden. Man wählte die Zeit um 17 Uhr, lag bei verdunkelten Fenstern auf dem Teppichboden, trank Cola und palaverte. Lange ließ die Hitze keinen vernünftigen Vorschlag aufkommen, und auch Claudias geübtes Hirn schien zu versagen.

Ein zögernder Vorschlag Hels, man solle nachts an die großen Glasscheiben des Cafés Stemmle mit riesigen weißen Buchstaben die Ankündigung eines Preissturzes pinseln, da man dort den Preis für eine Tasse Kaffee ungebührlich angehoben habe — ging im Gelächter der übrigen Finger unter.

»Hel, ich sehe mich zu der Feststellung genötigt, daß Gloria in deinem Hirn jedenfalls keine Erhöhung der geistigen Potenz, sondern einen erheblichen Sturz erreicht hat«, spottete Bertl. »Fenster anschmieren . . ., das ist Kinderei oder, wie es deine teure Schöne im besten Deutsch sagen würde: es tendiert in den Sektor infantiler Puerilität. Freilich, die Café-Besitzer bekämen eine Stinkwut, wenn sie am Morgen die Schmiererei lesen würden und dann die ersten Gäste eintrudelten und billigen

Kaffee verlangten. Aber dann ließen sie die Anschrift mit irgendeiner Säure entfernen. Der Preis aber bliebe der gleiche. Außerdem kriegte uns Kanthuber endlich am Kanthaken. Es wären zuviele Anhaltspunkte da. Wir wollen doch nicht riskieren, daß zu guter letzt unser Bund wegen so einer dünnen Sache auffliegt.«

Der sonst so sanfte Hel warf sich wütend auf Bertl. Es wäre zu einer wilden Balgerei gekommen, wenn nicht Conny die beiden auseinandergerissen und Sonja sich beschwörend ins Mittel gelegt hätte.

»Ihr seid wohl blödsinnig geworden! Soll den unser Bund so abscheulich platzen? Bertl — wir haben uns doch immer fest vorgenommen, niemals persönlich zu werden! Laß doch endlich Gloria aus dem Spiel!«

»Na ja«, brummt Bertl, »war nicht so schlimm gemeint. Hier, Hel, hast du meine Versöhnungspfote. Wenigstens soweit es unsere Klassenschönheit betrifft. Was ich aber sonst gesagt habe, war rein sachlich und wird sicher von allen gebilligt.«

Allgemeines Gemurmel bekundete die Zustimmung. Die Stimmung war wieder die alte.

Claudia brachte dann einen Hausbesitzer ins Gespräch, einen kleinen, mickrigen Geizhals, der seine Mieter nach Strich und Faden schikanierte. Reparaturen, die vertragsgemäß von ihm bezahlt werden müßten, schiebe er zur Hälfte den Mietern zu. Er schriebe beleidigende Briefe, sei aber Auge in Auge stinkfreundlich. Bei alledem verließe er sich darauf, daß die kleinen Leute nicht vor Gericht gingen, was auch tatsächlich der Fall sei. Ein Vorgehen gegen diesen Mann, den sie ›Wühlmaus‹ nannten, wurde ernstlich diskutiert.

Conny sagte mit rauher Stimme: »Verhauen! Einfach verhauen!«

Bertl tippte sich an die Stirne. »Reichlich primitiv, alter Bär ... wenn auch gefühlsmäßig zu verstehen.«
»Arme Wühlmaus«, warf Claudia lachend ein, »gräßlich, sich vorzustellen, wie dieses spitznasige Wesen unter deinen Gewaltpratzen pfeift, jeder weiteren Untat abschwört, um dann am anderen Tage hinter Kanthubers Rücken anschleichend gegen uns vorzugehen. Deine Handschrift kennt man. Der Kommissar wird dich auch ohne Schriftsachverständigen entdecken, und dann hast du eine Anzeige wegen Überfall und Körperverletzung auf deinem breiten Buckel.«
»Laßt jetzt die Witze«, unterbrach Sonja.
»Die Sache ist tatsächlich zu überlegen. Natürlich nicht Connys Gewaltplan, der ja gar nicht ernst gemeint war. Aber es lohnt sich, daß wir unsere Gehirnrinde in Bewegung setzen. Also — was tun?«
»Einfach nur plump schockieren, hat keinen Sinn«, äußerte Hel. »Wenn der Sturm zu stark bläst, sagt irgendein Sprichwort, dann zieht der Wanderer den Mantel nur um so fester zusammen. Das ist ja auch der Blödsinn mit der ständigen Schockiererei im Fernsehen. Das hilft gar nichts. Die Leute schalten einfach ab und wählen einen freundlicheren Kanal.«
»Richtig!« meint Sonja. »Wir müssen den Kerl an seiner verwundbarsten Stelle treffen, wie damals bei ... halt ... jetzt hätte ich beinahe gegen unser Gebot verstoßen und an Gloria erinnert.«
Hel wurde rot, aber er überwand seinen aufsteigenden Zorn und ergänzte Sonjas Vorschlag. »Soviel ich weiß, hat die Wühlmaus nicht weniger als drei große Mietshäuser. Meine Mutter hat neulich davon gesprochen. Er läßt die Kinder seiner Mietparteien nicht im Hof spielen und sucht unter den Mietanwärtern mit Vorliebe ältere Ehepaare aus, die lediglich durch ein

sarahmäßiges Wunder noch mit Nachwuchs gesegnet werden könnten. Familiengerechte Wohnungen vermietet er gerne an lauter einzelstehende Personen, die dann Bad und Klo gemeinsam benützen müssen. So schindet er noch mehr Geld heraus. Sein wunder Punkt ist Geld und nochmals Geld. Hier müssen wir ansetzen!«

Die verschiedensten Möglichkeiten, die Wühlmaus an ihrer empfindlichsten Stelle zu treffen, flogen den Beratenden wie Schneebälle um die Ohren, die aber alle zerplatzten. Niemand kam auf einen Gedanken, der sich hätte durchführen lassen.

Als aber das schlaue Bundesbaby von der Einschaltung eines ihr persönlich bekannten Bankangestellten sprach, der dem Hausbesitzer irgendwelche glaubhaften finanziellen Alarmnachrichten einflüstern solle, da fiel bei Bertl der Groschen.

»Hallo — prima, Claudia! Meinen Horizont überklettert langsam die Sonne einer Idee. Zwar wollen wir deinen Bankangestellten, der sicher wieder zu deinem Bienenschwarm gehört, außer acht lassen. Es genügt schon, daß Franz eingeweiht ist. Aber ob ein zweiter ebenso verschwiegen sein würde, das möchte ich ernstlich bezweifeln. Aber — wie wäre es denn, wenn ich einen Sachkundigen mimen, mich an den Tisch der Wühlmaus setzen und ihm solche aufwühlenden Börsen- oder sonstige Geheimnachrichten infiltrieren würde? Er sitzt ja jeden Tag zur gleichen Zeit im Café und liest Zeitung. Ich kenne mich durch die heimischen Tischgespräche meines Textilpapas recht gut auf dem Aktienmarkt aus und in der Wirtschaftskunde haben wir auch allerhand darüber gehört. Ich würde dann versuchen, aus unserem Hausbesitzer herauszulocken, in welchen Aktien er überwiegend seinen Mammon angelegt hat. Dann muß ich allerdings Schnelldenker sein und meinem Tischnachbarn eine miese Aktiensituation vorzaubern, die ich vertraulich von einem Börsenmann erfahren haben will. Das wird seinen Kreislauf mächtig anregen. Im Gezweige meiner düsteren Andeutungen wird unser Kapitalhirsch sein Geweih verfangen und in der Nacht im eigenen Saft schmoren, bis am nächsten Tag die Bank ihre Pforten öffnet und er, nach Erkundigung über die Lage der betreffenden Aktien, wieder frei atmen kann. Ob mein geplantes, psychologisches Kunststück klappt, kann ich natürlich nicht voraussagen. Auch ändern wird er sich dadurch nicht. Aber so ein kleiner Schock tut ihm auf jeden Fall gut.«

Klar, daß alle diesen Plan billigten. Nur Sonja brachte den berechtigten Einwand, daß es in diesem Falle ja ein absoluter Alleingang eines Fingers sei. Das entspräche nicht den Grundsätzen ihres Bundes. Zumal bei diesem sicherlich letzten Streich solle man doch die übrigen Finger nicht völlig ausschalten, sondern die ganze Hand in Bewegung setzen. Wie dies geschehen könne, das wisse sie freilich selbst noch nicht. Und wieder sprang die fixe Claudia in die Bresche.

»Es wird unserem hochwissenschaftlichen, wirtschaftswissenschaftlichen Experten Dr. h. c. Bertl Satzinger vermutlich gar nicht so leicht fallen, die Wühlmaus aus ihrem Loch zu locken und zur Preisgabe ihrer Aktiengeheimnisse zu bewegen.«

Sie wandte sich an Bertl. »Was willst du beispielsweise machen, wenn der Kapitalhirsch sich überhaupt jede Konversation verbittet? Vielleicht sagt er einfach: Bitte, es sind noch viele andere Tische frei, ich pflege gerne allein zu sitzen.«

»Das würde ich ihm nicht raten«, meinte Bertl und dehnte sich lässig auf dem Teppichboden, »da könnte er was zu hören bekommen, daß ihm die Ohren gellen.«

»Das glaube ich dir ohne weiteres«, fuhr Claudia fort. So wie du gebaut bist, wirst du ihn bis zur Weißglut nerven. Aber was dann? Er kann dich freilich nicht vom Tisch weisen, aber er wird sich tief gekränkt hinter seiner Zeitung verschanzen und kein Sterbenswörtlein käme über seine dünnen Lippen. In diesem Falle ist es aus mit deinem köstlichen Kriegsplan.«

»Na und«, gab Bertl ein wenig patzig zurück, »dann ist eben mal was schief gegangen und unser Baby muß sich etwas Neues einfallen lassen. Du sprühst ja sowieso Geistesblitze wie eine Wunderkerze am Christbaum.

Claudia wurde wieder einmal rot bis über beide Ohren. Bertl war und blieb ihre ›unerfüllte Sehnsucht‹, wie sie es sich in romantischen Stunden selbst eingestand. Doch gab sie sich weiterhin ganz sachlich.

»Das ist ja gerade mein Plan zur Einschaltung der ganzen Mannschaft. Wir kommen noch vor dir ins Lokal und setzen uns zu viert an den Tisch, der unserem Opfer am nächsten steht. Unsere Ulli reserviert uns schon das günstigste Tischlein. Sie liebt uns sowieso seit der Geistersache unendlich. Du, Bertl, gibst uns vorher einige Tips. Wir quatschen dann ganz laut und werden immer heftiger, so als ob wir miteinander stritten. Kapital, Aktien, Kurse, Börse und ähnliche Schlagwörter aus der Finanzwelt fliegen durch den Raum. Bei der antikapitalistischen Einstellung der Jugend fällt das nicht weiter auf. Unser Zielobjekt aber wird dadurch bereits in stille Wut versetzt. Dann folgt dein Auftritt, Bertl. Eintretend nimmst du von uns keinerlei Notiz, setzt dich, wie vorgesehen, zu dem Alten, hörst uns schwadronnieren, spielst den Empörten und fängst an, mit der Wühlmaus zu flüstern über die ›Jugend von heute‹, über Kapital, Aktien und so weiter und so fort. Im Handumdrehen hast du ihn auf deiner Seite. Du gibst dich als Experte zu erkennen und tauchst zusammen mit der Wühlmaus im Aktienmarkt unter. Das Weitere schaffst du dann schon — du Leuchtturm mit sieben Strahlenbündeln.«

Bertl faßte Claudia wie ein Kaninchen im Genick und beutelte sie ein wenig hin und her. Anerkennend sagte er: »Großartig, Baby, die Wunderkerze hast du mir blendend zurückgegeben. Deine Idee ist fantastisch. So — und nicht anders muß es gehen und auf diese Weise wird es auch hundertprozentig klappen.«

Man besprach die Einzelheiten der Ausführung und legte den folgenden Mittwoch, 16 Uhr, als Termin fest.

Das Unternehmen hieß ›Jagd auf den Kapitalhirsch‹.

Die vier Finger, welche auf der anderen Straßenseite, gegenüber dem ›Café am Markt‹ am Mittwoch nachmittag Bereitschaftsstellung eingenommen hatten, krümmten sich vor Lachen, als sie Bertl drüben durch die großen Scheiben des Lokals visuelle Witterung aufnehmen sahen. Er trug einen eleganten braunen Anzug, gleichfarbige, gemusterte Krawatte und graue Wildlederschuhe. Der Schweiß stand ihm auf der Stirne, weil ihn diese ungewohnte Kleidung wie eine mittelalterliche Rüstung beengte. Claudia fand ihn trotzdem ›klasse‹. Die anderen waren der Ansicht, daß diese Verpuppung gar nicht zu ihm passe. Er sehe aus wie maskiert. Aber sie wußten genau, weshalb er sich im väterlichen Textilgeschäft in dieser Weise eingekleidet hatte. Da er seine langen Haare nicht einem verhältnismäßig harmlosen Streich zuliebe opfern wollte, blieb ihm nur die Flucht in derart seriöse Kleidung. Nur so konnte er das Vertrauen der Wühlmaus erringen.

Jetzt hatte er offenbar, zwischen Fenstervorhängen hindurch, den Hausbesitzer entdeckt.

Er hob die fünf Finger und gab damit der wartenden Einsatzgruppe das Angriffssignal . . . Er selbst bummelte weiter.

Ziemlich lärmend betraten Sonja, Claudia, Hel und Conny das Lokal. Richtig, da saß der kleine Herr mit dem großen Geldbeutel, zusammengeduckt hinter seiner Zeitung, rauchte mit

nervösen Zügen eine Zigarette und nahm ab und zu hastige Schlucke aus der Kaffeetasse.
Ärgerlich wandte er seine bebrillten Augen den jungen Leuten zu, die sich mit viel Gelächter und vorher besprochenen dummen Bemerkungen am runden Tisch, in fünf Meter Entfernung, niederließen. Die Mädchen gackerten und lachten ganze Tonleitern. Die Jungen begleiteten diese pseudomusikalischen Darbietungen mit dumpfem, derben »Ho-Ho-Ho«.
Ulli stelzte auf ihren schönen langen Beinen herbei, stellte sich mit dem Rücken gegen die Wühlmaus und begrüßte ihre guten Bekannten mit ihrem reizvollsten Lächeln. Um keinen Verdacht zu erregen, fragte sie laut nach den Wünschen der jungen Leute und entschwand wieder hinter der Theke.
Und nun ließen die Vier wilde Sätze von Stapel, die mit Wörtern wie ›Mist‹ — ›Kapital‹ — ›Zinsen‹ — ›Aktien‹ — ›Börse‹ reichlich gewürzt waren. Bertl hatte ihnen einige fachliche Unterlagen beigebracht und sie entfesselten damit ein Feuerwerk durcheinanderzischender Wortraketen. Man konnte keinen bestimmten Satz heraushören. Nur ihre gegnerische Einstellung zum Kapitalmarkt blieb keinem Zuhörer verborgen.
Sie stellten denn auch mit Genuß fest, daß die ›Beutelratte‹, zu der Claudia inzwischen die Wühlmaus befördert hatte, die Ohren spitzte, die Zeitung sinken ließ, die Zigarette nervös zerdrückte und wütende Blicke in ihre Richtung schoß. Sie konnten mit der Wirkung ihres Scheinmanövers durchaus zufrieden sein.
Da kam Bertl durch die Schwingtüre gesegelt, blieb wie suchend in der Mitte des Lokales stehen und pflanzte sich dann an das Tischchen seines zukünftigen Gesprächspartners. Mit gewinnendem Lächeln sagte er dabei: »Sie entschuldigen schon, mein Herr, daß ich mich zu Ihnen setze, aber das junge Volk dort mit

seinem — wie ich sogleich festgestellt habe — dummen und aufrührerischen Gerede zwingt anständige Bürger zu engerem Zusammenrücken!« Mit diesem einzigen Satz hatte der schlaue Bertl bereits die Falle geöffnet, in die der aufgebrachte Hausbesitzer wie blind hineintappte.

Im selben Augenblick dämpften die vier Finger am Nebentisch ihre Stimmen. Sie wollten doch ein wenig den Diskurs zwischen Bertl und der Beutelratte miterleben. Zum anderen war zuvor ausgemacht worden, daß sie in diesem Zeitpunkt in ein verschwörerisches Flüstern übergehen sollten.

Nachdem Bertl einige Sätze des Unwillens über die ›jugendlichen Aufrührer‹ mit dem Hausbesitzer gewechselt und diesem die Möglichkeit eröffnet hatte, in zischelnden Flüsterlauten und mit scheelem Blick zum Nachbartisch sich über die Unkenntnis der Jugend in Kapitalangelegenheiten und ihr dauerndes, dilettantisches Geschwätz auszulassen, beugte sich der junge Fallensteller ganz nahe zu seinem ahnungslosen Opfer, gab sich als Wirtschaftswissenschaftler zu erkennen, warf mit Fachausdrücken um sich und brachte damit von vorne herein jeden etwa aufkommenden Verdacht seines Gegenübers zum Erliegen. Er erzählte dann seinem Gesprächspartner, daß er von seinem Ersparten sich einige sehr bekannte und bisher hochstehende Industriepapiere zugelegt, sie aber gerade heute noch rechtzeitig verkauft habe.

Wie Bertl erwartet hatte, sah er den Kapitalhirsch jäh erblassen. Aufgeregt zündete sich dieser eine neue Zigarette an, putzte nervös seine Brille, sah mit toten Augen dem vermeintlichen Experten ins Gesicht und hauchte mit gedämpft erschrecktem Ton: »Was haben Sie da eben gesagt? Verkauft? Gerade noch rechtzeitig? Heute? Sie müssen meine Aufregung verstehen. Ich habe einen großen Teil meines Vermögens in diesen Automobil-

aktien angelegt. Stehen doch hervorragend. Sind doch entwicklungsfähig?! Oder? Haben Sie etwas gehört?«
Bertl legte sich jetzt nahezu über den Tisch, machte unheimliche, große Augen und sagte leise:
»Eigentlich sollte ich's nicht ausplaudern. Aber ich verfüge über geheime Verbindungen. Sie werden verstehen, daß ich über diese Quellen keine Auskunft geben kann. Aber sie sprudeln todsicher. Habe es schon öfter ausprobiert. Stimmte immer. Stimmt auch diesmal. Leider!«
»Um alles in der Welt, was ist denn los? Ich war heute auf der Bank. Niemand sagte ein Wort!« Der Beutelratte stand der Schweiß auf der Stirn. Sie glitzerte im Licht des Kronleuchters, den Ulli, die mit größtem Interesse das Duell der beiden verfolgte, aufflammen ließ, um besser die Wirkung beobachten zu können. Claudia hatte sie im Einverständnis mit den Fingern eingeweiht. Ulli war verschlossen wie ein Tresor. Bertl redete nun direkt ins Ohr des Erschreckten.
»Sie wissen doch, daß diese Firma vor Wochen ein neues Modell mit einem sparsamen Motor entwickelt hat. Daraufhin: große Bestellungen. Steigen der Aktien! Nun hat sich herausgestellt, daß nach einer Einfahrleistung von 5000 km fast regelmäßig Motorenschäden auftreten. Der Hersteller hat alle Eigentümer dieses Typs aufgerufen, ihre Wagen zu den Vertragswerkstätten zu bringen, damit sie überprüft würden. Die weitere Auslieferung ist zunächst gestoppt. Daraufhin sind viele Bestellungen zurückgenommen worden. Das wird sich in den nächsten Tagen in stark abfallenden Börsenkursen niederschlagen.«
Die Wirkung dieser Eröffnung auf die Beutelratte war vernichtend. Der kleine Mann begann zu zittern. Von der feuchten Stirne lösten sich einzelne Tropfen und perlten über die hageren Wangen. Der Arme brachte nur immer wieder den einen Satz

über seine bebenden Lippen ... heiser ... fast keuchend: »Wenn das stimmt ... wenn das stimmt ...«
»Stimmt leider«, warf Bertl mit düsterer Stimme dazwischen.
»... wenn das stimmt«, vollendete der total zerknickte Hausherr seine angstvollen Betrachtungen, »... wenn das stimmt — dann bin ich geliefert!«
Er brütete eine Zeitlang wie geistesabwesend vor sich hin.
Dann erwachte er plötzlich aus seiner schreckhaften Erstarrung.
»Fräulein, zahlen!«
Der Ruf ähnelte dem Hilfeschrei eines Ertrinkenden.
Ulli, welche dem alten Trinkgeldknacker sowieso nicht grün war, hatte mit wachsendem Vergnügen die Vorgänge verfolgt. Sofort war sie zur Stelle und durfte zum ersten Mal erleben, daß der Hausbesitzer das Herausgeben nicht abwartete, sondern mit kaum hörbarem Gruß durch die Schwingtüre entwich. Draußen sah man ihn vorbeihasten.
»Eine Nacht wird er nun im eigenen Saft schmoren«, sagte Bertl und ließ sich unter großem Hallo der Lärmgruppe an deren Tisch nieder. »Die Bank ist schon geschlossen. Vor morgen früh kann er keinen Verkaufsauftrag mehr geben. Das wird sein geringes Lebensgewicht noch wesentlich verringern.«
Die Fünf feierten dann noch eine Stunde vergnügt den Abschluß der Hirschenjagd. Da sie inzwischen die einzigen Besucher des Lokales waren, konnten sie noch lauter sein, als zuvor.
Ulli setzte sich zu ihnen und stiftete eine Runde Schwarzwälder Kirsch. Unter diesen Schülern galt sie als Großverdienerin.
Am nächsten Tag führte der Schulweg Conny an der Bank vorbei. Er konnte so den anderen noch vor Beginn der ersten Stunde berichten, daß er die Beutelratte wie ein Häuflein Unglück vor der noch uneröffneten Bank habe stehen sehen. Beinahe hätte er ihm leid getan.

Leider war ihnen der Anblick dieses Mannes nicht vergönnt, der eine Viertelstunde später strahlend die Bank verließ.
Was galt es ihm, daß er einem bösen Bubenstreich zum Opfer gefallen war? Eben hatte er erfahren, daß die Aktien bedeutend gestiegen waren.
Stolz hob er wieder sein Geweih in der beginnenden Hitze des Sommertages!

FÜNF FINGER — UND KEINE HAND

Kanthuber spitzte die Ohren. Schreinermeister Endres gab mit knurrender Stimme beim Skatspielen zum Besten, was ihm Claudia über das unrühmliche Ende des Emmerlingvortrages erzählt hatte.

»Das war einmal ein guter Streich«, sagte er lachend und verteilte die Karten. »Dieser Spinner, der aus jedem städtischen Akt ein Drama in drei Akten macht, fiel mir schon lange auf den Wecker. Sicher stecken da wieder unsere tollen Fünf dahinter. Meine Claudia jedenfalls ist fest davon überzeugt.«

Kanthuber brummte: »Durchaus möglich«, begann das Spiel und zeigte sich wenig interessiert. In Wirklichkeit aber war er ganz bei der Sache. Wieder einmal eine Spur! Sollte Claudia recht haben — und er war sicher, daß sie recht hatte — dann müßte er die Tatverdächtigen für die Denkmalschändung, den Köpfetausch und den Geisterreigen nicht mehr im ganzen Städtchen suchen. Er konnte seine Nachforschungen auf die mittleren Klassen des Parsifalgymnasiums beschränken. Für einen guten Kriminaler war das Weitere dann nur noch ein Kinderspiel.

Am nächsten Tag bat er fernmündlich Claudia aufs Kriminalkommissariat und unterzog sie einem gründlichen Verhör. Das Bundesbaby — wegen der Hitze mehr als leicht bekleidet — sah mit unschuldigen, großen Kinderaugen an dem Menschengebirge empor, schenkte ihm ihr gewinnendstes Lächeln und bestärkte ihn in der Meinung, daß die Fünf tatsächlich nur im Parsifalgymnasium zu finden seien und beschrieb mit minutiö-

ser Genauigkeit fünf Phantasiegestalten, die in der Pause stets auffällig oft beisammenstünden.
Jetzt — kurz vor der Auflösung des Bundes kam es nicht mehr so darauf an. Außerdem hatte sie zuvor mit den Fünfen ihre einzuschlagende Taktik genau besprochen.
Aus Bertl machte sie einen gutgekleideten Zwerg mit einem Bürstenhaarschnitt. Conny formte sie in ein strichdünnes Wesen um. Hel wurde zum gummikauenden Blue-Jeans-Jüngling. Sich selbst verwandelte sie in eine dürre Brillenschlange mit auffallendem Leberfleck auf der hageren linken Wange. Sonja endlich ließ sie als dickbäckiges, rotgesichtiges Pummelchen in Erscheinung treten. Namen wisse sie leider keine. Für jeden Jahrgang gäbe es verschiedene Parallelklassen und da kenne keiner die Schüler der anderen genau.
Mit spitzbübischem Vergnügen stellte sie fest, daß Kanthuber diese Beschreibungen der mutmaßlichen Fünf Finger genauestens notierte.
Der Kommissar entließ sie unter vielen Dankesworten. Er rühmte die Präzision ihrer Personenbeschreibung.
»Wenn alle Zeugen so klar schildern würden, kämen wir meist den Kriminellen schneller auf die Schliche«, sagte er anerkennend und behielt das Händchen der ehrbaren Tochter seines Freundes, länger als üblich, in seiner gewaltigen Pranke.
In der Großen Pause des darauffolgenden Morgens stellten sich die Fünf Finger ganz eng zusammen.
Was sie erwartet hatten, war eingetreten.
Kanthuber schlich umher. Zunächst befand er sich in Begleitung des Direktors. Dann nahm er allein die Jagd auf. Grimmig forschend blickte er nach allen Seiten. Er wand sich zwischen den plaudernden Gruppen der Älteren hindurch, kam in Gefahr von den Jüngeren überrannt zu werden, verfolgte aber unent-

wegt sein Ziel. Die Mütze tief in die Stirne gezogen, die mächtigen Hände hinter dem Rücken verschränkt, suchte er die Fünfergruppe wie sie ihm Claudia beschrieben hatte. Vor allem ging es ihm um den Leberfleck.

Als Claudia im Kreise ihrer Getreuen von ihm erkannt wurde, erhellten sich die finsteren Züge seines Dienstgesichtes. Er schritt auf die Gruppe zu, legte den rechten Zeigefinger grüßend an den Mützenschirm und stellte mit Bedauern fest, daß er die mutmaßlichen fünf Täter — wie er sich vorsichtig ausdrückte — noch nicht entdeckt habe.

Klar, daß ihm die echten Fünf — von innerer Heiterkeit geschüttelt — freundlich angrinsten, ihm hold zulächelten und sich voll Eifer erboten, seine Nachforschungen zu unterstützen. Mit dem scheinheiligsten Gesicht der Welt bat ihn Bertl um genaue Personenbeschreibungen.

Kanthuber zückte sein Notizbuch und las das Protokoll vor, zu dessen Abfassung ihm Claudia die Unterlagen geliefert hatte. Den Ausbruch wilder Fröhlichkeit, der seine Verlesung begleitete, konnte er sich nicht recht erklären. Er schrieb es der Unreife dieser halbwüchsigen Gesellschaft zu.

»Auf, laßt uns suchen!« Conny befahl es mit dröhnender Stimme. Er wollte die Lachorgie beenden, bevor der Kommissar Verdacht schöpfte.

Die Fünf zerstreuten sich über den ganzen Schulhof und gingen im Getümmel unter.

Als das Ende der Pause eingeläutet wurde, tauchte Claudia plötzlich vor dem Kommissar auf, schlug militärisch die Haken ihrer Holzsandalen zusammen, stand stramm, legte die Hand zum Gruß an die rechte Schläfe und schnarrte: »Melde gehorsamst, Herr Kanthuber, Suche bisher ohne Ergebnis! Muß abgebrochen werden, wegen Beginn der englischen Stunde. Mutmaßliche Täter offenbar Pause nicht im Hof verbracht! Schätze, daß sie Kommissar gesehen und sich in Einzelfinger verwandelt haben.«

Nach dieser Meldung machte sie schneidig kehrt und schloß sich dem Schülerstrom an, der ins Schulgebäude drängte.

»Freches Stück«, brummte Kanthuber. Aber — er brummte es nicht ohne Wohlgefallen. Er verkehrte ja seit vielen Jahren im Hause Endres. Da durfte Claudia sich schon einiges erlauben.

Kanthuber zuckte resigniert die Achseln, ließ seine Kiefer mahlen und gab vorläufig auf.

Mit der ihm eigenen Zähigkeit beschloß er dann aber doch, am Ende der beiden letzten Stunden sich vor dem Gebäude zu postieren, um die Herausströmenden einer gründlichen Musterung zu unterziehen.

Wie ein ehernes Denkmal stand er auf der Straße. Wo war der Leberfleck? Wo die lange Brillen-Latte? Wo die kleine Dicke? Seine Augen glitten über die Schülerschar. Nichts zu entdecken. Wieder erfolglos!

Bertl strich an ihm vorüber und nickte ihm zu. Fast kollegial.

Kanthuber dachte, daß dieser langhaarige Blue-Jeans-Jüngling genau dem Bilde glich, das er sich von einem Glied der Fingerbande gemacht hatte.

Aber sofort riß er sich selbst an der Kandare.

»Man darf sich nie von Vorurteilen leiten lassen.«

Dieser Grundsatz war ihm auf der Polizeischule eingetrichtert worden.

Allein danach galt es zu handeln. Müde schlich er von dannen.

Acht Tage vor Schulschluß kamen die Fünf Finger zum letztenmal in Sonjas Höhle.

Das Büchergestell diente als Bar. Es gab Getränke jeder Art. Sonjas Mutter ließ große Platten mit belegten Brötchen auffahren. Die Stereoanlage spielte heiße Musik. Man tanzte und lachte. Man lümmelte auf Sonjas grüner Wiese. Noch einmal waren die Fünf eine Hand.

Sonja fühlte sich verpflichtet, auf einem türkischen Kissen hokkend, eine kleine Rede zu halten.

Die Zeit der Streiche sei vorbei, meinte sie. Aber zum Eintreten für die Gerechtigkeit, in Wort und Tat, sollten und wollten sie weiterhin bereit sein. Jeder an seinem Platz. Wohin es sie auch immer verschlage.

Die ›Hand‹ gebe es nicht mehr. Aber dafür fünf einzelne ›Finger‹: Die würden sich nicht ohne weiteres krümmen.

Zum letztenmal erhoben alle die gespreizte Rechte und grüßten mit dem Lösungswort des Bundes.

Dann aber tranken sie noch einen kräftigen Schluck auf das Wohl des Kommissars und den Erfolg seiner Nachforschungen.

»Ohne ihn hätte uns das Ganze nur halb soviel Spaß gemacht!« Damit sprach Bertl aus, was alle dachten.

Claudia aber sah bewundernd zu ihm auf.

Da ergriff Sonja noch einmal das Wort. Sie ließ sich dabei vom Kissen rollen, lag nun bäuchlings auf der Liegewiese und stützte ihr Kinn in die Hände.

»Eigentlich finde ich es ein wenig kümmerlich«, meinte sie, »daß wir uns den genarrten Oesterlingern nicht zu erkennen geben. Ich bin immer für einen sauberen Abschluß gewesen. Schließlich hat die ganze Stadt derart lebhaft an unseren Aktionen teilgenommen, daß ihr eine Lüftung des Geheimnisses zusteht.«

Claudia dachte an ihren Vater und zog eine ziemlich saure Grimasse. »Gebe zu, daß der Gedanke seine Reize hat. Zeitungsüberschriften! Allgemeine städtische Heiterkeit! Verlegene Polizisten! Dr. Heller, der am Schreibtisch zusammenbricht, seinen Kopf auf die Tischplatte sinken läßt und nur noch seine

Platte zur Schau stellt. Und ein gewaltiger Schock für Kanthuber. Der tut mir eigentlich am meisten leid. Aber ich täte mir auch ein wenig leid. Die bevorstehende Explosion meines Vaters darf ich mir überhaupt nicht ausmalen!«

»Ich finde die Idee glänzend«, warf Bertl ein. »So ein richtiger Knalleffekt zum Schluß würde ganz und gar unserem bisher geübten Stil entsprechen.«

»Ich bin zu jeder Untat bereit« rief Conny dazwischen. »Mein Vater ahnt sowieso schon den ganzen Zauber und bestimmt hatte er seine geheime Freude daran.«

»Was kann uns auch schon besonderes passieren« warf Hel ein. »In den langen Ferienwochen wächst im Pennal ziemlich viel Gras über die Geschichte und ob die Juristen einen anderen Paragraphen für unsere Taten finden, als ›groben Unfug‹ — das möchte ich bezweifeln.«

»Und da nehmen meine Eltern einen guten Rechtsanwalt und kommen auch sonst für alles auf. Soweit kenne ich sie«, erklärte Sonja. »Und, was unser Bundesbaby betrifft, so werde ich sie nach Hause begleiten und ihrem Vater noch einmal in glühenden Farben darstellen, was wir alles zugunsten der Allgemeinheit getan haben und wie tüchtig dabei seine Tochter war. Schätze, daß er sie zuletzt gerührt in seine starken Arme schließt.«

»Na-ja — ganz so sicher bin ich mir da nicht —«, sagte Claudia und lächelte ein wenig säuerlich. »Aber jedenfalls mache ich mit. Ganz gleich, was ihr ausgekochten Bandenmitglieder nun als Abschluß auskochen werdet.« Sonja legte nun ihren Plan dar. Man solle, zur Hauptverkehrszeit, durch Oesterlingen reiten, mit großen Plakattafeln an langen Stangen. Die Inschrift werde der ganzen Bevölkerung die Augen öffnen.

Die Vier machten etwas dümmliche Gesichter.

»Du tust dich leicht, Sonja« sagte Bertl und brachte damit die Meinung des Fußvolks zum Ausdruck. »Während du, als tolle Reiterin auf Viktor — deinem Apfelschimmel — triumphierst, hocken wir, lauter hilflose Don Quichottes, auf unseren Mietsgäulen, lächeln verzerrt nach allen Seiten und erwarten in jeder Sekunde unsere Pflasterlandung.«

»Dir kann gar nichts passieren« fiel Conny ein. »Du kannst ja deine langen Haxen unter dem Pferdebauch verknoten — aber, was sollen wir professionellen Fußgänger zu unserer Rettung unternehmen? Mein Reittier wird unter der Last zusammenbrechen, wenn er sich nicht klugerweise zuvor meiner entledigt.«

»Ach, was« fuhr Hel dazwischen, »ich hüpfe mit elegantem Flankensprung aus dem Sattel, falls es brenzlich werden sollte.«

Claudia lächelte die ganze Zeit still vor sich hin, sie war überzeugt, daß auf jeden Fall das Rößlein ihr wohlgesinnt sei, zumal, wenn es ein Wallach wäre.

Sonja wischt mit einer souveränen Handbewegung alle Einwände von der Liegewiese.

»Die Mietspferde des hiesigen Tattersalls sind nichts als bessere Sofas mit vier Beinen. Ihr braucht euch nur draufzusetzen. Sie werden Viktor folgen, wie Lämmer dem Hammel.«

So wurde einstimmig dieser allerletzte Beschluß gefaßt.

»Das wird ein Ende mit Schrecken«, sagte Claudia, die ja immer das letzte Wort haben mußte.

Sie dachte dabei bereits an den einzigen, breitgebauten weißbraunen Schecken des Reitstalles. Er würde ihr am besten ›stehen‹. Zufällig galt er auch als das harmloseste Tier, das eigens für das Voltigieren der Kinder bereitgehalten wurde.